뫼르소,
살인 사건

Meursault, contre-enquête
by Kamel Daoud

Original title : Meursault, contre-enquête
Original Publisher : Editions Barzakh, Alger, © BARZAKH, 2013
Editions Actes Sud, Arles, © ACTES SUD, 2014

Korean translation copyright © 2017 by Moonye Publishing Co., Ltd.

This Korean edition was published by arrangement with Les éditions Actes Sud,
S. A. through Sibylle Books Literary Agency, Seoul

뫼르소, 살인 사건

Meursault, contre-enquête

카멜 다우드 지음 ㅣ 조현실 옮김

문예출판사

"범죄의 시간은 모든 사람에게 동시에 울리지 않는다.

그리하여 역사는 영원히 이어진다."

— E. M. 시오랑
《고뇌의 삼단논법(Syllogismes de l'amertume)》 중에서

일러두기

* 옮긴이 주는 ( )로 표기했습니다.
* 저자의 의도대로 카뮈의 《이방인》에서 인용한 문장은 이탤릭체로 표기했습니다.

1

오늘, 엄마는 아직 살아 있네.

엄마는 더 이상 말을 하진 않지만, 해줄 수 있는 얘기가 많을 걸세. 반대로 난 같은 얘기를 너무 많이 곱씹은 탓인지 이젠 기억나는 것도 별로 없군.

그 일이 있은 지 반세기도 더 지났으니 그럴 만도 하지. 그 사건은 분명히 일어났었고 그에 관한 얘기도 많았어. 아직까지도 사람들은 그 얘기를 하고 있지만, 단 한 명의 망자(亡者)만을 떠올린다네. 뻔뻔하지 않나. 죽은 사람은 엄연히 둘이었는데 말이야. 그래, 둘이라니까. 한 명을 빼먹은 이유가 뭐냐고? 그야, 첫 번째 사람은 얘기를 할 줄 알았기 때문이지. 그 것도 얼마나 잘했던지, 자기의 죄를 잊어버리게 만들 정도였다네. 반대로 두 번째 사람은 가난한 무식쟁이였지. 신이 그를 만든 것도, 단지 총알받이가 되어 한낱 먼지로 되돌아가게 하기 위해서가 아니었을까 싶다니까. 이름 하나 가질 여유조차 없었던 익명의 존재였던 거야.

한마디로 말해주지. 두 번째 망자, 피살당한 그자가 바로 내 형이라네. 형의 흔적이라고는 남아 있는 게 없어. 형을 대신해 여기 이 바에 죽치고 앉아 있는 나 말고는. 결코 아무도 베풀어주지 않을 조의를 기다리며 이렇게 주절거리고 있는 내 꼴 좀 보게. 자네가 들으면 웃겠지만, 이건 어느 정도 내 사명이기도 하다네. 객석이 비어가는 동안에도 무대 뒤의 침묵 속에 감춰진 내막을 떠벌리는 것 말일세. 내가 이 언어를 배워서 말하고 쓸 줄 알게 된 것도 그런 목적에서였지. 그러니까, 죽은 자를 대신해서 얘기를 하려는 거야. 형이 하려던 얘기를 어느 정도라도 계속해보려는 거지. 살인자는 유명 인사가되었고, 그의 얘기는 너무 잘 써져서 나로선 감히 흉내 낼 엄두도 못 내겠더군. 그건 그 사람이 아니면 쓸 수 없는 언어였던 거야. 이제 나도, 이 나라가 독립한 이후로 흔히 볼 수 있었던 짓을 한번 저질러 볼까 하네. 내 동포들이 프랑스인이 살던 옛집의 돌들을 하나하나 가져다 자기만의 집을 새로 지었듯이, 나도 살인자가 썼던 단어들과 표현들을 가져다 내 언어를 만들어보려는 거지. 그의 언어는 내게는 주인 없는 재산인 셈이거든. 안 그래도, 지금 이 나라는 누구에게도 속해 있지 않은 단어들로 뒤덮여 있다네. 오래된 가게들의 진열장에서, 누렇게 바랜 책들에서, 또 사람들의 표정에서, 어디서든 볼 수 있는 그 단어들은 식민지 해방을 계기로 생겨난 괴상한 크레올어[식민지 특히 서인도 제도에서 지배국의 언어인 프랑스어, 에스파냐어, 영어, 네덜란드어 따위를 흉내 내어 만들어진 언어)의 영향을 받아 변형되기까지 했지.

그러고 보니 살인자가 죽은 지도 꽤 오래됐고, 내 형이 존재하지 않게 된 건—내게만 빼고—더더욱 오래되었군. 나도 알아. 자네는 지금 내게 묻고 싶은 게 너무 많아 안달이 나 있을 거야. 아마 내가 질색하는 질문들일걸. 그러지 말고 내 얘기를 귀 기울여 들어보게. 그럼 결국 다 이해하게 될 테니까. 이건 평범한 얘기가 아니야. 이건 결말에서 시작해 처음 부분으로 거슬러 올라가야 하는 얘기야. 맞아. 강물을 거슬러 올라가는 연어 떼를 연필로 그리듯이 말이야. 세상 사람들이 다 그랬듯이, 자네도 그 작자가 써놓은 얘기를 있는 그대로 읽었을 거야. 글재주가 어찌나 뛰어난지 그가 쓰는 단어들은 정밀하게 세공한 보석처럼 빛이 난다네. 자네가 대단하게 여기는 주인공이자 작가[원문에서는 뫼르소를 지칭할 때 'ton héros'라는 표현을 많이 쓰고 있다. ton은 2인칭 소유형용사이고, héros는 '주인공', '영웅'을 뜻하므로 직역하자면 '자네의 주인공'이 될 것이고, 실제 의미는 '자네가 애착을 갖고 있는, 존경하는, 혹은 대단하게 여기는 주인공' 정도가 될 것이다. 번역문에서는 자연스러운 표현을 위하여 직역 대신 작가, 뫼르소 등으로 표현하였음을 일러둔다. 'ton héros'가 처음으로 등장하는 이 대목에서는 앞으로 전개될 내용의 이해를 돕기 위해 의역하였음을 밝힌다), 그는 말의 뉘앙스를 살리는 데 대단히 엄격하지. 보석과 광물을 잘 다듬기 위해 수없이 계산을 해보는 수학자처럼 보여. 그가 글 쓰는 방식은 자네도 알지? 총 쏘는 장면을 묘사할 때도 시 작법을 따르는 것 같지 않던가! 그의 세계는 아침 햇살로 다듬은 듯 깨끗하고, 명확하고, 말끔하고, 향기가 감돌고, 수평선까지 풍경에 한몫을 하지. 유일한 그늘이 있다면 그건 '아랍인'의 그늘이라네. '옛날'이라는 것에서 온 모호하고 생경한 대상들, 언어라고 해야 기껏 피리 소리밖에 낼 줄 모르는 유령들. 내 짐작에 그 작자는, 살았거나 죽었거나 상관없이 자기를 원치 않았던 나라에서 제자리걸음만 하고 있는 데 대한 염증을 느꼈던 게 틀림없어. 그가 저질렀던 살인은 자기 것으로 만들 수 없는 땅에 상심한 연인의 살인과도 같은 것이었겠지. 자기를 낳아주지도 않은 땅의 자식으로 살아가야 했으니 얼마나 힘들었겠나. 딱한 인간 같으니라고!

자네를 비롯해서 수없이 많은 사람이 그의 책을 읽은 것처럼, 나도 그가 그 사건을 어떻게 얘기하는지 보고 싶어 읽어봤네. 앞부분만 읽고도 금방 알겠더군. 그는 남자의 이름을 갖고 있었지만 내 형은 사건의 이름으로만 불리고 있었어. 어떤 이가 자기가 부리는 흑인을 '금요일'이라고 부른 것처럼(영국 작가 다니엘 디포의 소설《로빈슨 크루소》에 등장하는 흑인 '프라이데이(Friday)'를 일컬음) 그도 형을 '오후 2시'라고 부를 수도 있었을 거야. 한 주의 요일 대신 하루 중의 한순간을 선택하는 거지. 오후 2시, 좋지. 아랍어로는 주드. 둘, 쌍, 형과 나, 쌍둥이. 이 사건의 내막을 알고 있는 이들이 볼 땐 형과 나는 어떤 면에서 의심할 바 없는 쌍둥이라고도 할 수 있다네. 내 형 '아랍인'은 두 시간밖에 못 살고 스러져버린 덧없는 존재였지만, 장례를 치르고 나서도 70년 동안 계속해서 죽어야 했지. 내 형 주드는 유리관 속에 들어 있는 셈이야. 살해당하고 난 뒤에도 사람들은 줄곧 형에게 바람과 시곗바늘 두 개로 이름을 붙여줬고, 형은 자신의 죽음을 끊임없이 재연해야 했지. 하루하루를 어떻게 보내야 할지 모르던 한 프랑스 남자, 자기 등에 짊어진 나머지 세상을 어떻게 감당해야 할지 모르던 그 작자가 쏜 총알을 맞고 죽는 장면을 계속해서 보여줘야만 했어.

그리고 또! 나는 이 생각만 하면 화가 치밀어 죽겠어─그나마 화낼 기력이라도 있을 때의 얘기지만. 그 프랑스 남자는 마치 자신이 죽은 당사자이기라도 한 것처럼 자기 사정을 장황하게 늘어놓았어. 어떻게 자기 어머니를 잃었는지, 그다음엔 어떻게 태양 아래에서 자기 몸을 잃었는지, 그다음엔 어떻

11

게 자기 애인의 몸을 잃었는지, 그다음엔 어떻게 교회로 가서 자기의 신이 인간의 몸을 버렸다는 걸 확인했는지, 그다음엔 어떻게 엄마의 시신과 자신의 시신 곁에서 밤샘을 했는지 등등을 설명하는 거야. 제기랄, 어떻게 사람을 죽여놓고 그에게서 죽음까지도 빼앗아갈 수가 있지? 총을 맞은 건 내 형이지, 자기가 아니잖아! 죽은 건 무싸이지 뫼르소가 아니라고, 안 그래? 더 기가 찬 일도 있어. 독립〔1962년, 알제리가 프랑스의 식민 통치에서 벗어나 독립한 것을 가리킨다〕 이후에도 희생자의 이름, 그의 주소, 그의 조상들, 있을지도 모를 그의 자식에 관해 알려고 드는 이가 단 한 명도 없었다는 거야. 정말 아무도 없었어. 다들 다이아몬드처럼 정교하게 다듬어진 완벽한 언어 앞에서 입을 다물지 못한 채 살인자의 고독에 공감을 느꼈다며, 한껏 멋부린 언사로 위로를 보내기에 바빴지. 오늘 내게 무싸의 진짜 이름을 말해줄 수 있는 이가 과연 있을까? 어느 강물이 형을 바다로 데려갔는지 아는 이가 있을까? 형은 따르는 동포도 없이, 기적의 지팡이도 없이, 홀로 바다를 건너야 했을 텐데. 무싸도 권총을 갖고 있었는지, 그에게도 철학이 있었는지, 그도 혹시 일사병을 겪었는지, 아는 이가 있을까?

무싸가 누군지 아나? 내 형이야. 이게 바로 내가 다다르고 싶은 지점이라네. 무싸가 결코 얘기할 수 없었던 것을 자네에게 얘기해주고 싶은 거지. 젊은 친구, 자네는 이 바의 문을 밀고 들어오는 순간, 무덤을 파헤친 거라네. 지금 자네 가방 안에 그 책이 들어 있나? 좋아, 그럼 열성 독자로서 첫 대목을 한번 읽어봐 주게⋯⋯.

내가 한 말이 이해가 가나? 모르겠다고? 그럼 설명해주지. 그 남자, 살인자는 자기 어머니가 죽은 후로는 조국이라는 것도 잃은 채 무위(無爲)와 부조리에 빠지지. 그는 '금요일'을 죽임으로써 운명을 바꿀 수 있다고 믿은 로빈슨 크루소와 같은 부류지만, 자기가 섬에서 빠져나갈 수 없다는 걸 깨닫고는 영악하게도 앵무새처럼 자신에게 다정히 묻기 시작했네. "불쌍한 뫼르소, 어디 있나요?(*Poor Meursault, where are you?*)"(《로빈슨 크루소》에서 로빈슨이 키우는 앵무새가 로빈슨에게 한 말 "Poor Robinson Cruesoe! Where are you?"에서 따왔다). 이 말도 몇 번 되풀이하다 보면 덜 우습게 들릴걸. 내 장담하네. 이걸 시키는 건 자네를 위해서야. 사실 난 이 책을 깡그리 외고 있어서 책 전체를 《코란》처럼 읊어줄 수도 있다네. 이 얘기는 시체가 쓴 것이지 작가가 쓴 게 아니야. 햇빛과 눈부신 색채를 못 견뎌하는 데서, 또 오래전부터 있어온 태양과 바다와 돌들 외에는 그 어떤 것에 관해서도 아무런 견해를 갖고 있지 않다는 점에서도 알 수 있는 일이지. 첫 대목에서 이미 그가 내 형을 찾고 있다는 걸 느낄 수 있어. 실제로 그는 형을 찾아다니지. 형을 만나기 위해서가 아니라 절대로 마주치지 않기 위해서이긴 하지만. 생각할 때마다 가슴이 미어지는 일이 있네. 그건 바로, 그가 형에게 조준을 한 게 아니라 얼떨결에 쏴 죽였다는 사실이야. 그의 범행이 단지 그 대단한 무료함 때문에 저질러졌다는 건 자네도 알지 않나. 그 바람에 형을 샤히드('증인', '순교자'라는 의미를 가진 아랍어로, 알제리에서는 독립전쟁에 참전하여 전사한 이들을 공식적으로 '샤히드'라 부른다), 즉 순교자로 여기려는 시도가 원천적으로 불가능해져버렸다네. 살인이 일어나고 기나긴 세월이 지나고 나서야 희생자가 생겨난 셈이지. 그사이에 형은 분해되어버렸고, 책은 다들 알다시피 성공을 거두었어. 그러다 보니 다들 살인이 있었던 게 아니고 단지 일사병이 있었을 뿐이라는 걸 증명하느라 애를 쓰더군.

하, 하! 뭘 마시고 싶은가? 여기서는, 가장 좋은 술은 죽은 뒤에나 준다네. 생전에는 안 주지. 그게 바로 종교라는 거야. 빨리 마셔둬, 이 친구야. 이제 몇 년 더 있으면, 문 닫지 않은 유일한 바는 이 세상이 끝난 뒤에 천국에서나 볼 수 있을 테니까.

책 얘기를 시작하기 전에 우선 줄거리를 좀 요약해주지. 글 쓰는 재주를 가진 한 남자가, 그날 하루 이름조차 갖고 있지 않던—마치 무대로 들어오면서 못에다가 이름을 걸어두고 온 것처럼—아랍인 한 명을 죽이고 나서는 그걸 있지도 않은 신의 탓으로 둘러대는 거야. 또 태양 아래에서 자기가 뭔가를 깨달았기 때문이다, 바다의 소금기 때문에 눈을 감지 않을 수가 없었다, 라는 식으로 변명을 하지. 그 바람에 살인은 전혀 벌받을 필요도 없는 행위가 되어버린다네. 어느새 죄도 아니게 된 거야. 정오와 오후 2시 사이에는, 그와 주드 사이에는, 뫼르소와 무싸 사이에는 법이라는 게 없기 때문이지. 그러고 나서 70년 동안 세상 사람들은 피해자의 시신을 서둘러 치워버리고 살인의 장소를 무형의 박물관으로 변형시키는 데 힘을 모았어. 뫼르소라는 게 무슨 뜻이지? '뫼르 쇨(Meurt seul)'('혼자 죽는다'는 뜻의 프랑스어)? '뫼르 소(Meurt sot)'('바보처럼 죽는다'는 뜻의 프랑스어)? '느 뫼르 자메(Ne meurt jamais)'('결코 죽지 않는다'는 뜻의 프랑스어)? 내 형, 그는 이 이야기에서 어떤 말도 할 권리가 없었다네. 그리고 지금, 자네도, 자네 윗세대 사람들이 다들 그랬듯이, 길을 잘못 든 거야. 부조리? 그걸 등에 지거나 땅속 깊숙이 품고 있는 건 나와 내 형이지 다른 사람이 아니라고. 내 심정을 좀 이해해주게. 난 지금 슬픔이나 분노를 표현하는 게 아니야. 형에게 애도를 표하는 것도 아니고. 그저 단지…… 단지 뭐랄까. 모르겠어. 난 정의가 이루어지기를 바라는 것 같아. 내 나이에 우스워 보일지도 모르지……. 하지만 맹세컨대 이건 진심이라네. 무슨 소리냐 하면, 법정의 정의가 아니라 균형의 정의를 찾고 싶은 거야. 그리고 또 다른 이유가 하나 있지. 유령에게 쫓기지 않고 떠나버리고 싶은 것.

사람들이 왜 실제로 일어난 일들을 글로 쓰려 하는지 그 이유를 알 것 같아. 그건 유명해지고 싶어서가 아니라, 어떻게든 남의 눈에는 띄지 않으면서도 세상의 진정한 핵심을 드러내 보이고 싶어서지.

한잔 하면서 창밖을 좀 내다보게. 세상이 꼭 수족관같이 보이지 않는가. 그래, 맞아. 자네 탓도 있네. 자네의 호기심이 날 자극하거든. 몇 년 전부터 난 자네를 기다리고 있었다네. 내가 책을 쓰지는 못 한다 해도 적어도 얘기는 들려줄 수 있지 않겠나, 안 그래? 술꾼은 늘 자기 얘기를 들어주는 사람을 꿈꾸지. 이 말을 수첩에 적어놓게. '오늘의 명언'이라고 말이야…….

내가 하고 싶은 말은 간단해. 이 얘기는 다시 쓰여야 한다는 거지. 같은 언어로 쓰되, 단 오른쪽에서 왼쪽으로. 다시 말해 아직까지 살아 있는 몸에서 시작해서 그를 죽음으로 몬 골목길을 거쳐 아랍인의 이름도 거명하면서 총알과 만나는 순간까지 이르러야 한다는 거야. 내가 이 언어를 배운 것도, 어느 정도는 태양의 친구였던 내 형을 대신해 얘기하기 위해서였어. 자네한테는 허황되게 보이는가? 그렇다면 잘못 안 걸세. 난 대답을 찾아내야 했네. 꼭 필요했던 때에 아무도 주지 않았던 대답을 말이야. 어떤 언어를 마시고 언어를 말하다 보면, 어느 날엔가는 언어가 우리를 소유하게 되지. 그렇게 되면 어느새 언어가 우릴 대신해서 대상을 포착하기 시작하고, 연인들이 격렬한 키스를 통해 상대의 입을 점령하듯 그렇게 입을 점령해버리는 거야. 내가 아는 어떤 사람은, 어느 날 문맹인 자기 아버지에게 온 프랑스어 전보를 해독해줄 사람이 아무도 없었던 것을 계기로 프랑스어를 배우기 시작했다더군. 자네가 존경하는 그 작가가 살았던 식민지 시절의 얘기지. 일주일 내내 아버지의 주머니 안에서 썩고 있던 전보를 누군가가 읽어주었는데, 거기에는 딱 세 줄이 씌어 있더래. 나무 한 그루 없는 오지의 어느 구석에서 그의 어머니가 죽었다는 거였어. 그가 그러더군. "나는 아버지를 위해 글을 배웠어요. 다시는 그런 일이 일어나선 안 되니까요. 당신 스스로에게 화를 내며 내게 도움을 청하던 아버지의 눈길을 한시도 잊은 적이 없어요." 따지고 보면, 나도 같은 이유로 이 언어를 배운 셈이야. 가만, 다시 한 번 책을 좀 읽어주겠나. 내 머릿속에 모든 게 다 씌어 있긴 하지만 말이야. 저녁마다 내 형 무싸, 그러니까 주드는 죽은 자들의 왕국에서 튀어나와 내 수염을 잡아당기며 외친다네. "야, 동생 하룬, 넌 왜 아무 짓도 안 하고 가만히 보고만 있는 거지? 난 제물로 바쳐진 암송아지가 아니야. 제기랄, 난 네 형이라고." 자, 책을 읽어보게!

우선 분명히 해둘 게 있네. 우리는 두 형제뿐이었어. 작가가 책에서 암시한 것처럼 행실 나쁜 누이가 있었던 게 아니야. 무싸 형은 머리가 구름에 부딪칠 정도로 키가 컸지. 맞아, 형은 배고픔 때문에 야위긴 했어도 분노의 힘 때문인지 뼈마디는 굵었어. 얼굴은 각이 졌고, 큼지막한 두 손은 내 든든한 보호자가 되어줬지. 조상들의 땅을 빼앗긴 억울함으로 눈빛은 강인했어. 그러나 돌이켜보면 형은 그때 이미, 죽은 자가 산 자를 사랑하듯 그렇게 우리를 사랑해줬던 것 같아. 무슨 소리냐 하면, 쓸데없는 말은 한마디도 안 하고 마치 저승에서 내려다보는 것 같은 눈길로 날 바라봤다는 거지. 형의 모습은 떠오르는 게 거의 없지만 그래도 어떻게든 제대로 묘사해주고 싶긴 하네. 우리 동네 시장 어귀에서 오는 길이었는지 아니면 항구에서 오는 길이었는지는 몰라도, 아무튼 형이 집에 일찍 돌아왔던 그날이 기억나는군. 형은 짐꾼으로 일했어. 짐을 지고, 끌고, 들어올리고, 땀 냄새를 풍기며 뭐든 닥치는 대로 했지. 그날, 형은 낡은 타이어를 갖고 놀고 있던 나와 마주치자마자 나를 어깨에 태우더니, 자기 귀를 붙들고 머리를 자동차 핸들처럼 돌려보라고 했어. 그러고는 엔진 소리를 흉내 내며 타이어를 굴렸지. 하늘에 닿을 것만 같던 그때의 즐거움이 지금도 기억나. 형의 체취도 생생하고. 썩은 야채 냄새와 땀 냄새가 뒤범벅된 데다 근육과 숨길이 뒤섞여 내뿜던 독한 냄새. 또 다른 추억의 장면은 이드 축제날〔전 세계 이슬람 문화권에서 금식 기간인 라마단(Ramadan)이 끝나는 날 모두 사원에 모여 예배를 드리고 장만한 음식을 나누며 축하하는 성대한 축제)이야. 그 전날, 내가 바보짓을 했다고 형한테 쥐어터진 탓에 우린 둘 다 어색해하던 참이었어. 그날은 용서의 날이었기 때문에 형은 나를 안아주려 했겠지만, 나는 형이 권위를 잃는 게 싫었어. 신의 이름으로라도 내게 몸을 숙이고 용서를 비는 건 말이 안 됐지. 또 생각나는 게 있군. 형은 움직이지 않는 재주가 있었어. 우리 집 현관 앞에서 이웃집 벽을 마주하고 서서 엄마가 준 블랙커피 잔을 들고 입에 담배를 문 채로 꼼짝 않고 있는 거지.

아버지가 사라진 건 수백 년도 더 전의 일인 것 같았어. 간혹 프랑스에서 아버지와 마주쳤다고 얘기하는 사람들도 있긴 했는데, 그런 소문들 속에 아버지는 조각조각 흩어져 있었지. 오로지 무싸만이 아버지의 목소리를 들을 수 있어서, 꿈속에서 아버지가 했던 얘기를 우리에게 전해주곤 했어. 형이 아버지를 다시 본 건 딱 한 번뿐이었는데, 그나마도 아주 멀리서 본 거라 긴가민가하다고 했어. 어린아이였던 나도 형이 아버지 소문을 들은 날과 못 들은 날을 구별할 수 있었지. 아버지 소식을 들은 날엔 들뜬 몸짓으로 눈에 불을 켜고 돌아와 엄마와 한참을 속닥이다가 결국에는 거친 말싸움으로 끝냈어. 나는 대화에 끼지는 못했지만 분위기는 파악할 수 있었지. 형은 뭣 때문인지는 몰라도 엄마를 원망하고 있었고, 엄마는 그럴수록 더욱 모호한 태도로 자신을 방어했어. 분노로 가득 차 있던 불길한 날이나 밤이면, 무싸마저도 우리를 떠날지 모른다는 불안감에 떨던 기억이 또렷해. 그러나 형은 새벽녘이면 으레 술에 취해 돌아왔어. 자신의 도발을 묘하게 자랑스러워하는 게, 새로운 힘이 충전된 듯 보였지. 그러고 나서는 마치 불이 꺼지듯 술에서 깼어. 형이 철퍼덕 쓰러져 곯아떨어지는 순간, 엄마는 아들에 대한 지배력을 되찾았지. 내 머릿속에 들어 있는 몇몇 장면들, 그게 내가 자네에게 보여줄 수 있는 전부로군. 커피 한 잔, 담배꽁초들, 형의 헝겊 신발, 그리고 울고 있다가도 이웃 여자가 차나 양념을 빌리러 오면 얼른 안면을 바꾸고 미소를 짓던 엄마. 슬픔에서 친절로 순식간에 전환되어 그 진실성을 의심케 만들 정도였지. 모든 건 무싸를 중심으로 돌아갔고, 무싸는 아버지 곁을 돌고 있었어. 나는 아버지에 관해서는 전혀 아는 바가 없어. 아버지가 물려준 거라고는 우리 집안의 성(姓)밖에 없거든. 그 당시 우리가 어떻게 불렸는지 아는가? 울레드 엘 아싸스, 즉 경비원의 아들들. 더 정확히 말하자면 야경꾼의 아들들이지. 아버지는 어떤 공장에서 경비로 일했다는데, 뭘 만드는 곳이었는지는 나도 모른다네. 어느 날 밤, 아버지가 사라져버렸대. 그게 다야. 그렇게들 얘기하더라고. 내가 태어난 직후, 그러니까 1930년대였지. 그래서 내 상상 속의 아버지는 늘 외투나 검은 젤라바[북아프리카와 아랍 국가들에서 남성이 입는 두건 달린 긴 상의]에 몸을 숨긴 채 어두침침한 구석에 쭈그리고 앉아 입을 꾹 다물고 내게 아무런 대답도 해주지 않는 침울한 사람으로 남아 있지.

무싸는 한마디로 점잖고 과묵한 신이었어. 턱을 뒤덮은 수염, 그리고 어떤 고대 파라오의 무사를 상대해도 목을 비틀 수 있을 것 같은 두 팔 덕에 거인으로 보였지. 그렇다 보니 형의 죽음과 그 죽음의 정황을 알게 되었던 날에도, 나는 아픔이나 분노를 느끼기 전에 먼저 실망과 모욕을 느꼈던 것 같아. 마치 누가 나 자신에게 욕을 퍼부은 것처럼 말이야. 바다를 둘로 가를 수도 있었던 내 형 무싸가, 자신을 영원토록 유명하게 만들어주었어야 할 물결들 바로 옆에서 보잘것없는 엑스트라 배우처럼 그렇게 하찮게 죽는다는 게 말이 되냐고. 지금은 그 해변마저도 사라지고 없지만.

나는 형이 죽었을 때 거의 울지 않았어. 단지 더는 하늘을 쳐다보지 않게 된 것뿐이었지. 게다가 나는 나중에, 독립전쟁[1954년에서 1962년까지 프랑스와 알제리 독립운동 세력 사이에 벌어진 전쟁. 이를 통해 알제리는 프랑스에게서 독립을 이루었다]에도 참전하지 않았다네. 내 혈육이 권태와 일사병 때문에 어처구니없이 살해된 순간부터 전쟁은 이미 우리가 이긴 거라는 걸 알고 있었던 거지. 난 읽고 쓰는 걸 배우면서 모든 걸 확실하게 깨달을 수 있었어. 뫼르소는 자기 엄마를 잃었지만 내겐 아직 엄마가 있다는 것, 또 그는 결국 남을 죽였지만, 실은 자살하려고 했다는 것도. 그러나 무대가 돌고 역할들이 뒤바뀌면서

21

새로운 사실을 또 깨달았어. 나도 뫼르소와 똑같이 감방에 갇히고, 몸뚱이는 단지 무대 의상일 뿐인 혼자만의 무대 위에 오르게 되면서, 뫼르소와 나, 우리 둘이 얼마나 닮은꼴인가를 실감하게 된 거야.

암만 봐도 이 살인의 이야기는 그 유명한 문장, "오늘, 엄마는 죽었다"로 시작할 게 아니라, 아무도 들어본 적 없는 문장, 그러니까 무싸 형이 그날 집을 나서기 전에 엄마한테 했던 말로 시작해야 할 거야. "오늘은 좀 일찍 들어올게." 그날은, 내 기억으론, 아버지 소문을 못 들은 날이었어. 내가 아까 얘기해줬지. 당시 우리 집에선 달력의 날짜들이 둘로 나뉘어 있었다고. 아버지 소문을 들은 날과 못 들은 날. 못 들은 날엔, 형은 담배를 피우고 엄마와 싸우고 나를 그저 먹이를 줘야 하는 짐짝 정도로만 취급했지. 사실 지금 와서 깨달은 건데, 나도 무싸를 따라 했던 것 같아. 형이 아버지 역할을 대신했다면, 난 형 역할을 대신했던 거지. 아니, 이것도 혹시 내가 꾸며낸 거짓말 아닌가 모르겠네. 워낙 오랫동안 나 자신에게 거짓말을 해와서 말이야. 사실을 말하자면, 내 나라가 독립하면서 양쪽 사람들의 역할이 서로 바뀌었다고 하는 게 맞을 거야. 식민자들이 우리 땅을 함부로 다루고 종탑과 편백나무와 황새를 퍼뜨리던 시절, 정작 우리, 우리는 유령 같은 존재였다네. 지금은? 글쎄, 지금은 정반대지! 그자들은 때때로 단체 여행에 끼어 후손들의 손을 잡고 이곳을 찾아온다네. 피에 누아르 (pieds-noirs)('검은 발'이라는 뜻의 프랑스어로, 알제리 출신 프랑스인을 가리킨다)들이나 부모에게서 알제리에 대한 향수를 물려받은 자들을 위해 조직된 여행이지. 어떤 이는 길을 찾고, 어떤 이는 집을 찾고, 또 어떤 이는 자기 이름을 새겨놓은 나무둥치를 찾기도 한다네. 얼마 전에 공항의 담뱃가게 앞에 프랑스인들 한 무리가 모여 있는 걸 봤어. 그자들은 유령처럼 말도 없이 조심스럽게 우리를, 우리 아랍인들을 바라보고 있었어. 더도 덜도 말고, 돌이나 죽은 나무들을 바라보는 것처럼. 하지만 이제, 그건 끝난 이야기야. 그들의 침묵이 그걸 말해주더군.

어떤 범죄에 관해 조사를 해볼 심산이라면 반드시 기본적인 사항부터 파악하길 바라네. 즉 죽은 자는 누구인가, 그는 어떤 사람이었나, 하는 것 말이야. 내 형의 이름을 적어놓게. 형이야말로 처음에 한 번 살해당하고 난 뒤 지금까지도 계속 살해당하고 있으니까. 내 말대로 하기 싫다면, 우린 이쯤에서 그냥 헤어지는 게 나을 걸세. 자네는 그 책을 품고, 또 나는 시체를 품고 저마다 자기 길을 가는 거지. 그나저나 내 태생이 너무 처량하지 않나! 나는 울드 엘 아싸스, 즉 경비원의 아들이고, 아랍인의 동생이라네. 자네도 알겠지만, 이곳 오랑에서는 태생에 집착하지. 울레드 엘 블레드, 이 말은 이 도시, 이 지역의 진정한 아들을 의미한다네. 누구나 도시의 유일한 아들이고 싶어 하지. 첫 번째 아들이자 마지막 아들이며 가장 오래된 아들 말일세. 이 얘기에서 사생아의 고뇌가 느껴지지 않나, 안 그래? 저마다 자기야말로—자기건 자기 아버지건 또는 자기 조상이건—이 지역에서 최초로 살았었다는 걸 증명해 보이고 싶어 하는 거야. 다른 사람들은 모조리 타지 사람들이고, 땅 한 뙈기 없는 농군들이었던 주제에 독립이 되면서 하루아침에 귀족 행세를 한다고 말이야. 왜 사람들은 무덤을 뒤지는데 그토록 병적으로 집착하는 걸까, 늘 궁금했다네. 그래, 맞아. 그건 아마 소유에 대한 공포 아니면 집착 때문일 거야. 아주 삐딱한 사람들 또는 이곳에 가장 나중에 정착한 사람들은 얘기하지. 이 땅에 처음으로 살았던 것은 '생쥐들'이었다고. 이 도시는 바다 쪽으로 두 다리를 벌리고 있는 형국이지. 칼레르 데 제스파뇰 근처의 시디 엘 후아리 구역 쪽으로 내려가면서 항구 쪽을 한 번 바라보게. 그곳에선 그리움을 달래느라 수다스러워진 늙은 창녀 냄새가 난다네. 나는 가끔씩 울창한 정원을 향해 나 있는 레탕 산책로를 따라가서 혼자 한잔 마시거나 떠돌이들과 노닥거리기도 하지. 그래, 거기엔 낯선 식물들이 밀집해 있다네. 무화과나무, 침엽수, 알로에 게다가 종려나무까지. 또 깊숙한 곳에 숨어 있는 또 다른 나무들은 땅속 깊이 뿌리내린 것만큼이나 하늘을 향해서도 뻗어 있지. 아래쪽에는 에스파냐식 아케이드와 터키식 아케이드들이 거대한 미로를 이루고 있는데 나도 몇 번 가보긴 했어. 그곳은 대체로 닫혀 있지만, 한 번은 거기서 놀랄 만한 광경을 봤다네. 수백 년 된 나무뿌리가 속을 다 드러내놓고 있는 거야. 어마어마하게 큰 나무가 뒤틀려 있는 게 꼭 거대한 꽃이 걸려 있는 것처럼 보이더라니까. 그 정원에 꼭 가보게. 나는 그곳을 좋아하긴 하지만, 가끔씩은 거기서 피곤에 찌든 거대한 여인의 성기 냄새를 맡기도 한다네. 가만 보면 내가 좀 음탕한 면이 있긴 하지. 이 도시는 고지대에서 만(灣)에 이르기까지 바다를 향해 튼실한 두 다리를 쩍 벌리고 있다네. 고지대에는 무성하고 향내 나는 정원이 있어. 그 정원은 한 장군 — 레탕 장군〔1800년대 중반에 알제리 식민 통치에 중요한 역할을 한 프랑스 군인〕— 의 아이디어로 1847년에 탄생했지. 난 그가 정원을 잉태했다고 말하고 싶어, 하 하. 아무튼 거긴 꼭 가봐야 하네. 여기 사람들이 왜 그렇게 잘난 조상을 갖고 싶어 안달인지를 알게 될 테니까. 그건 바로 증거에서 벗어나기 위해서지.

　잘 적어놨겠지? 내 형의 이름은 무싸였어. 성(姓)도 물론 있지만 형은 그냥 아랍인으로 남아 있을 거야. 영원토록. 목록 맨 마지막에 낀 채로. 그 제2의 로빈슨 크루소〔원문은 ton cruesoe(자네의 크루소)이다. 즉 뫼르소를 가리킨다〕의 목록에선 아예 빠져 있을 테고. 이상하지? 안 그래? 몇 세기 전부터 식민자들은 자기들이 길들인 것들에는 이름을 주고, 자기들을 괴롭히는 것들에게선 이름을 빼앗으면서 재산을 늘려왔다네. 그가 내 형을 아랍인이라고 부르는 건, 정처 없이 떠돌며 시간을 죽이듯 그렇게 그를 죽이기 위해서였어. 참고삼아 말하자면, 엄마는 독립 후 몇 년 동안 피해자 가족에게 주어지는 연금을 받기 위해 투쟁했어. 당연히 한 번도 타보지 못했지. 그 이유가 뭘 것 같아? 죽은 아랍인이 엄마의 아들이고 또 내 형이라는 걸 증명할 수가 없어서였어. 형이 살해되었다는 건 공공연한 사실이었는데도 그가 존재했었다는 것조차 증명하는 게 불가능했단 말일세. 무싸, 그리고 무싸 자신 사이에서 어떤 연계를 찾아내고 확인하는 게 불가능했지! 책도 하나 쓸 줄 모르면서 어떻게 세상 사람들한테 그 얘기를 하겠어? 엄마는 독립이 되자마자 몇 달 동안 서명과 증인을 모으느라 애썼지만 소용없었어. 무싸는 시신마저도 없었으니까!

무싸, 무싸, 무싸…… 난 가끔씩 형의 이름을 되풀이해 불러보곤 한다네. 이 이름이 한낱 무의미한 글자로 흩어져 사라져버리지 않게 하려고. 나에겐 중요한 일이야. 자네도 형의 이름을 큼지막한 글자로 한 번 써보지 않겠나. 한 남자가 이 세상에 태어났다 죽은 지 반세기가 지나서야 비로소 자기 이름을 갖게 된 거니까. 꼭 써봐야 하네.

오늘 저녁은 첫 만남이니 내가 계산을 하지. 자네는 이름이 뭔가?

2

잘 지냈나. 그래, 하늘이 맑군. 새파랗게 칠해진 아이의 색칠공부 책 같아. 응답받은 기도 같기도 하고. 지난밤은 힘들게 보냈다네. 분노의 밤이었지. 왜, 그, 분노가 멱살을 잡고, 짓밟고, 똑같은 질문들로 닦달하면서, 자백까진 아니더라도 누구의 이름이라도 하나 끄집어내려고 고문하는 것 있잖은가. 그러고 나면 심문이라도 받고 난 것처럼 기진맥진하게 되지. 뭔가 배신한 것 같은 죄책감이 들기도 하고.

지금 나더러, 얘기를 계속할 거냐고 묻는 건가? 그럼, 당연하지. 이 얘기에서 해방될 수 있는 절호의 기회인데!

어렸을 때 난 꽤 오랫동안, 밤마다 똑같은 얘기를 들어야만 했다네. 엄마가 멋들어지게 꾸며낸 가짜 얘기였어. 살해당한 형 무싸의 얘기는 엄마 기분에 따라 매번 내용이 오락가락 했지. 기억 속에서 그 시절은 비 내리는 겨울밤, 우리 오두막을 희미하게 밝히던 등불, 그리고 엄마의 속삭임과 함께 떠오른다네. 그런 일이 자주 있었던 건 아니야. 어쩌다 먹을 게 부족하거나, 날씨가 너무 춥거나, 과부인 엄마가 평소보다 더 쓸쓸함을 느꼈을 때면 그랬던 것 같아. 얘기들도 시간이 흐르면 죽는다는 건 자네도 알겠지. 그 불쌍한 여인네가 들려줬던 얘기들이 다 기억나지는 않아. 하지만 엄마에겐 기억을 되살리는 재주가 있었다네. 엄마의 부모님 얘기, 친척 얘기, 또 여자들끼리만 주고받던 얘기들까지. 황당한 엄마의 얘기들 중에는 보이지 않는 거인 무싸가 우리의 땅과 땀을 훔쳐간 가우리 (gaouri) 〔북아프리카 지방에서 회교도가 아닌 서양의 백인을 가리키는 말〕, 루미(roumi) 〔회교도가 지칭하는 기독교도 또는 유럽인〕, 즉 살찐 프랑스인과 벌인 육탄전 얘기 같은 것도 끼어 있었지. 내 형 무싸는 그렇게 우리의 상상세계 속에서 여러 가지 임무를 수행하는 역할을 맡았어. 따귀를 맞고 맞받아치기, 모욕에 복수하기, 강탈당한 땅 되찾기, 못 받은 임금 받아내기. 아무튼 무싸는 전설 속에서 말과 창뿐 아니라 불의를 척결하기 위해 온 귀신들의 영기(靈氣)까지 갖추고 있었다네. 이쯤 되면 자네도 짐작이 가겠지. 형은 살아 있을 때부터 이미 한가락 했고 거친 권투도 즐겼었다, 뭐 그런 허풍을 떨고 싶었던 거야. 하지만 엄마 이야기의 핵심은 무엇보다도 무싸의 마지막 날, 그러니까 어떤 의미에서 형이 불멸의 존재가 된 첫날의 일화에 집중되어 있었다네. 얼마나 자세하게 설명을 해줬던지, 그날이 내 머릿속에 박혀 살아 있는 듯 느껴질 정도였다니까. 엄마 얘기 속에선 살인이나 죽음이 아닌 기이한 변신이 일어났던 거야. 알제의 빈민구역에 살던 한 평범한 젊은이가 모두가 기다리던 무적의 영웅이 되어 세상을 구하러 온 거지. 얘기는 계속 바뀌었어. 어떤 때는 무싸가 신통한 꿈을 꾸거나 자기 이름을 부르는 무시무시한 목소리를 듣고 잠에서 깨어나 평소보다 일찍 집을 나섰다고 했지. 또 다른 때는 친구들, 울레드 엘 훔마, 즉 건달 청년들의 부름을 받고 나갔다고도 했고. 여자와 담배와 칼자국을 좋아하는 하릴없는 젊은이들의 음험한 비밀 집회가 이어졌고, 그 결과는 무싸의 죽음이었다는 거야. 더는 모르겠어. 엄마는 '천일야화'라도 지어낼 기세였고, 그때 내 나이엔 진실은 중요한 게 아니었거든. 엄마 얘기를 듣는 동안 내게 무엇보다 의미 있었던 건 엄마 곁에 찰싹 달라붙어 있을 수 있다는 것, 그리고 곧 닥쳐올 밤 시간을 위해 둘이 암묵적으로 화해했다는 사실이었어. 그러나 잠에서 깨면 모든 건 제자리로 돌아가 있었지. 엄마는 이쪽 세상에, 나는 저쪽 세상에 머문 채로.

　수사관 나리, 내가 무슨 얘기를 해줬으면 좋겠소? 그 범행은 책 속에서 벌어졌는데 말이오. 그 죽음의 여름날, 새벽 6시와 죽음의 시간인 오후 2시 사이에 무슨 일이 일어났는지는 나도 모른다네. 정말이야! 게다가 무싸가 살해되고 나서도 우리를 조사하러 온 사람은 아무도 없었어. 진지한 수사라는 건 아예 시작도 안 했던 거지. 나 자신도 그날 뭘 하고 있었는지 기억하기가 힘들다네. 우리 동네에선 매일매일 거의 똑같은 일들이 일어났기 때문이지. 아랫동네에는 타우이 영감과 아들들이 살았어. 거동이 둔한 영감은 왼쪽 다리가 아파 질질 끌고 다녔고 계속 기침을 하면서도 연신 담배를 피워댔는데, 새벽마다 아무 거리낌 없이 벽에다 오줌을 갈기는 습관이 있었지. 그건 모르는 사람이 없었어. 영감은 동네에서 시계 역할을 할 정도로 그 의식을 규칙적으로 치렀기 때문이야. 박자가 맞지 않는 걸음 소리와 기침 소리는 길거리에 아침이 왔다는 걸 알리는 첫 번째 신호였지. 또 윗동네 오른쪽에는 엘 하지, 즉 순례자가 살고 있었어. 메카를 순례했다고 해서 그런 이름이 붙은 게 아니라 그의 진짜 이름이야. 그 사람 역시 조용하긴 했지만 자기 엄마를 때리고 동네 사람들을 경멸하는 표정으로 바라보는 걸 소명으로 삼고 있는 것처럼 보였지. 그 옆 작은 골목길 첫 번째 모퉁이에서는 모로코 사람이 '엘 블리디'라는 카페를 운영했어. 그의 아들들은 거짓말쟁이인 데다 도둑질도 잘해서 어떤 나무에서건 원하는 열매를 맘대로 훔칠 수 있었지. 그 아이들은 새로운 놀이를 생각해내기도 했어. 인도를 따라 나 있는 낡은 도랑에 성냥개비를 한 움큼 던져 넣고는 물에 떠내려가는 성냥개비들을 따라 달려가는 거였지. 타이비아라는 늙은 여자도 생각나는군. 변덕이 죽 끓듯 하는 뚱뚱한 여자였는데, 자식이 없던 그 여자가 다른 여자의 자손인 우리를 바라보는 눈길에는 뭔가 좀 표독스럽고 불길한 구석이 있었어. 그러면 우리도 질세라 고약하게 웃어대곤 했지. 우리는 수많은 골목길로 이루어진 도시라는 거대한 동물의 등에 이처럼 들러붙어 있었지만 우리의 존재를 알아주는 이는 아무도 없었다네.

따라서 그날도 별다른 일은 아무것도 없었어. 예측하기를 좋아하고 정령들에 민감했던 엄마조차도 이상한 낌새를 전혀 못 느꼈을 정도로. 여인들의 고함 소리, 테라스에 널린 빨래, 떠돌이 장사꾼들. 한마디로 다른 날과 똑같은 날이었던 거지. 그러니 여름의 오후 2시, 즉 악마의 시간―낮잠 시간이었는데도 불구하고 멀리 떨어진 아랫마을 바닷가에서 울린 총소리를 들은 사람이 아무도 없었던 거야. 따라서 수사관 나리, 특별한 건 아무것도 없었다오. 나중에 그날에 관해 돌이켜보며 들었던 생각은, 엄마의 수많은 버전과 단편적인 기억과 그나마 생생한 직관 중에서 그래도 다른 버전들보다 사실에 좀더 가까운 버전이 있지 않았겠나 하는 거였어. 확신할 순 없지만 그 당시 우리 집에는 여자들의 냄새가 경쟁하듯 떠돌고 있었거든. 엄마와 어떤 다른 여자 말이야. 그 여자는 한 번도 본 적은 없었지만, 무싸의 목소리라든가 눈길, 그리고 엄마가 운이라도 뗄라치면 사납게 부정하는 태도에서 흔적을 찾아볼 수 있었지. 이를테면 하렘〔이슬람 국가에서 술탄의 후궁들이 거처하는 방. 가까운 친척 이외의 일반 남자들의 출입이 금지된 장소이다〕의 긴장 같은 거랄까. 지극히 익숙한 부엌 냄새와 낯선 향기 사이에 암묵적인 투쟁이 벌어지고 있었던 거야. 마을에서 여인들은 다 '자매들'이었어. 존중의 묵계가 짜릿한 사랑을 막았지. 설혹 유혹의 시도가 있다 해도 그건 결혼이라는 축제로 귀결되거나, 테라스에 빨래 너는 여인들에게 추파를 던지는 것 정도로 끝나야 했어. 무싸 또래의 젊은이들에게 마을의 누이들과 결혼한다는 건 근친상간으로 여겨졌을 테고, 별다른 열정도 생겨나지 않았을 거야. 그러나 우리 세계와 루미 세계 사이에 끼어 있는 아래쪽 프랑스인 구역에서는 가끔씩 알제리 여자들도 치마를 입고 탐스런 젖가슴을 내놓고 다니기도 했지. 두 세계 사이에서 불안하게 살아가는 마리-파트마〔파트마는 아랍의 여자 이름인 파티마의 별칭이며, 식민시대 북아프리카 지방의 하녀를 가리키는 말이기도 하다. 마리는 프랑스 여인의 이름이므로, '마리-파트마'는 프랑스 여인과 아랍 여인의 특징을 모두 가진 여성을 뜻하는 것으로 보인다〕들이었지. 내 또래 아이들은 그런 여자들을 창녀 취급하며 고약한 눈길을 보냈어. 결혼이라는 숙명에 얽매이지 않고도 사랑의 쾌락을 기대할 수 있게 했던 매혹적인 먹이들. 그 여인들은 격렬한 사랑과 증오에 찬 경쟁심을 불러일으키곤 했지. 이건 작가도 어느 정도 얘기하고 있긴 해. 하지만 작가의 관점은 공정하지가 않아. 그 보이지 않는 여인은 무싸의 누이가 아니었거든. 어쩌면 그녀도 결국 무싸가 열정을 품었던 대상들 중 하나였을지 몰라. 오해는 바로 거기에서 비롯되었다는 게 내 변함없는 믿음이야. 즉 부적절한 담판 외에 아무것도 아니었던 행동을 철학적 범죄로 미화시켰다는 거지. 무싸는 그저 뫼르소의 잘못을 바로잡아주면서 여인의 명예를 지키려 했던 거고, 뫼르소는 자신을 지키기 위해 해안에서 냉혹하게 상대를 쓰러뜨린 것 그 이상도 그 이하도 아니었다고. 알제의 서민 동네에 사는 우리 동포들은 명예에 관해서라면 징그러울 정도로 예리한 감각을 갖고 있었어. 여인들과 그들의 엉덩이를 지켜주기! 자기네 땅과 우물, 그리고 가축까지 다 잃고 난 그들에게 남아 있는 건 여자들밖에 없었기 때문일까. 고리타분한 면이 없지 않은 이런 해석에 대해서는 나 역시도 쓴웃음을 짓게 되긴 하지만, 그래도 한 번 생각해보게. 이게 완전히 뚱딴지같은 생각은 아니니까. 그 책의 줄거리는 두 가지의 중대한 악, 즉 여인들과 한가함 때문에 저질러진 일탈로 요약되잖아. 그래서 가끔씩 진지하게 생각해보는 건데, 무싸의 마지막 나날에는 정말로 한 여인의 흔적이, 질투의 향기가 있었다네. 엄마는 한 번도 얘기한 적 없지만, 동네에서는 그 범죄가 있은 후로 나를 '되찾은 명예의 상속자'로 대접해주곤 했지. 어린아이였던 나로서는 무슨 영문인지 이해할 수 없었지만, 그래도 난 알고 있었어! 느낄 수 있었지. 엄마는 무싸에 관한 온갖 거짓말과 얼토당토않은 얘기들을 들려주던 끝에 결국은 내 의심을 사기에 이르렀고, 나도 사태를 파악할 만한 직관을 갖게 되었던 거야. 나는 모든 상황을 재구성해보았어. 죽기 얼마 전부터 자주 술에 취해 있던 무싸, 공기에 떠돌던 향기, 친구들과 마주칠 때면 보이던 의기양양한 미소, 너무 진지해서 우습기까지 했던 그들의 비밀집회, 그리고 칼을 놀리는 재주와 자기의 문신을 보여줄 때의 몸짓까지도. '에세다피 알라(신은 내 지지자)'. 오른쪽 어깨 위에는 또 '전진이냐 죽음이냐'라고 씌어 있었지. 왼쪽 팔에는 '조용히 해'라는 문구옆에 깨진 하트도 그려져 있었고. 그거야말로 무싸가 쓴 유일한 책이라 할 수 있지 않을까. 마지막 한숨보다도 더 짧은 책. 세상에서 가장 오래된 종이인 자신의 살갗 위에 씌어진, 딱 세 문장으로 된 책. 다른 아이들이 어린 시절 처음으로 봤던 그림책을 기억하듯 나는 형의 문신을 기억한다네. 또 생각나는 게 없냐고? 어휴, 더는 모르겠네. 파란 작업복, 헝겊 신발, 선지자같은 턱수염, 아버지의 유령을 붙들려 애쓰던 커다란 두 손,

그리고 이름도 명예도 없는 여인과 관련된 사연 정도. '대학생 수사관 나리', 난 정말 더는 아는 게 없소.

아! 수수께끼 여인이 있었지! 그 여인이 정말로 존재했다면 말일세. 난 그 여인의 이름밖에 모른다네. 아마 맞을 거야. 형이 그날 밤 잠결에 중얼거렸던 이름. 주비다. 죽기 바로 전날 밤이었지. 전조였을까? 그럴지도 모르지. 어쨌든 엄마와 내가 영원히 그 마을을 떠나던 날 ─ 엄마는 알제를, 바다를 떠나기로 결심했거든 ─ 한 여인이 우리를 뚫어져라 바라보고 있었던 건 분명해. 그 여인은 짧은 치마에 싼 티 나는 스타킹을 신고 당시의 영화배우들을 흉내 낸 머리 스타일을 하고 있었어. 원래는 틀림없이 갈색이었을 머리카락은 염색을 해서 금발이었지. '주비다여 영원히', 하 하! 어쩌면 형의 몸 어딘가에 이런 문신이 새겨져 있었을지도 몰라. 그날 본 여인이 맞을 거라 확신하네. 이른 새벽. 엄마와 나 둘이서 떠날 채비를 하는데, 그녀가 자그마한 빨간색 핸드백을 손에 든 채 멀리서 우리를 바라보고 있었어. 그녀의 입술과 커다란 검은 눈동자는 뭔가를 묻고 싶어 하는 듯했어. 난 그녀가 형의 여인이라고 거의 단정 지었지. 그랬으면 좋겠다고 바랐기 때문에 그렇게 단정해버린 것인지도 몰라. 그래야 형의 실종이 더 멋있어 보일 것 같았거든. 무싸에게는 어떤 구실과 이유가 있어야 했어. 나 자신은 깨닫지 못하고 있었지만, 난 글 읽기를 배우기 몇 년 전에도 이미 형이 부당하게 죽었다는 사실을 받아들일 수가 없었고, 형에게 제대로 수의를 입혀주기 위해서는 어떤 사연이 필요하다고 생각했던 거야. 그래, 그거였어. 내가 엄마의 하이크〔아랍 여인들이 머리와 몸을 감싸는 네모난 천〕를 잡아끄는 바람에 엄마는 그녀를 보지 못했어. 하지만 엄마도 뭔가를 느낀 건 분명했지. 엄마의 얼굴이 일그러지면서 생전 듣지 못한 상스런 욕을 내뱉었던 걸 보면. 뒤돌아보니 어느새 여인은 사라지고 없더군. 그러고 나서 우리는 떠났지. 하주트로 가던 길이 생각나. 길가에 수확한 곡식이 쌓여 있었지만 그건 우리 몫으로는 돌아올 리 없는 것이었지. 벌거벗은 태양, 먼지 낀 버스속의 여행객들. 중유 냄새가 멀미를 일으켰지만, 난 원래 부르릉거리는 엔진 소리를 좋아했어. 남성적인 그 소리가 기운을 북돋워주는 듯했거든. 그 소리는 아버지를 연상시켰어. 엄마와 나, 우리 둘을 거대한 미로에서 끄집어내주는 아버지 말이야. 빌딩들, 짓눌린 사람들, 판자촌, 더러운 아이들, 심술궂은 경찰들, 그리고 아랍인들에게는 치명적인 해안. 우리 두 사람에게 도시는 여전히 범죄 장소 또는 뭔가 오래되고 순수한 것을 잃어버린 장소로 남아 있었던 것 같아. 맞아. 내 기억 속에서 알제는 더럽고 부패한 피조물, 사람들을 훔쳐가고 배반하는 음험한 피조물이었다네.

그러면서 왜, 오늘 또다시, 여기 오랑이라는 도시에 와 있느냐고? 좋은 질문이야. 그건 아마 자신을 벌주기 위해서일 거야. 자네 주변을 한 번 돌아보게, 오랑이든 어디든 간에. 사람들은 도시에 눈독을 들이지. 여기 오는 것도 따지고 보면 낯선 지방을 약탈하기 위해서겠지. 도시는 전리품이야. 사람들은 도시를 늙은 창녀 취급하고, 욕하고, 함부로 대하고, 아가리에 쓰레기를 쑤셔 박고, 예전의 성스럽고 순수하던 마을과 끊임없이 비교하면서도 막상 떠나지는 못하지. 왜 그런지 아나? 여기야말로 바다로 향하는 유일한 출구요 사막에서 가장 멀리 떨어진 곳이기 때문이라네. 이 문장도 적어놓게. 멋진 문장 아닌가, 하 하! 이 지역을 떠도는 오래된 노래 가사 중에 '맥주는 아랍식, 위스키는 서양식'이라는 구절이 있거든. 물론 이건 말도 안 되는 소리야. 나는 혼자 있을 때 자주 가사를 고쳐 부르곤 하지. 이 노래는 오랑식이고, 맥주는 아랍식이고, 위스키는 유럽식이고, 바텐더는 카빌리[알제리 동북부 고산지대의 지명]식이고, 도로는 프랑스식이고, 오래된 주랑(柱廊)은 에스파냐식이고…… 끝이 없지. 난 몇 십 년 전부터 여기서 살고 있고, 그것도 아주 잘 지낸다네. 저 멀리, 아랫동네 바다는 항구의 거대한 시멘트 덩어리에 짓눌려 있지. 여기에서라면 바다도 내게서 아무것도 훔쳐가지 못할 거야. 아예 나에게 접근하지도 못할걸.

보다시피 나는 만족하고 있어. 내 머릿속에서나 이 바에서 말고는, 형의 이름을 진지하게 불러보지 않은 지도 벌써 몇 년이나 되었군. 이 지역 사람들은 모르는 사람이면 무조건 '모하메드'라고 부르는 습관이 있거든. 나는 누구에게든 '무싸'라는 이름을 붙여준다네. 여기서 일하는 웨이터에게도 무싸라는 이름을 붙여줬지. 자네도 한 번 그렇게 불러줘 보게. 아마 씨익 웃을걸. 죽은 자에게 이름을 붙여주는 것도 신생아에게 이름을 지어주는 것 못지않게 중요한 거라네. 그럼, 중요하고말고. 내 형의 이름은 무싸였어. 그가 생을 마감했던 때 나는 겨우 일곱 살밖에 안 됐었기 때문에 자네에게 얘기해준 것 이상은 알지 못한다네. 우리가 살던 알제의 길 이름도 가물가물하고, 바벨웨드 구역과 그곳의 시장과 공동묘지 정도만을 기억할 뿐이야. 나머지는 사라져버렸어. 나는 아직도 알제가 두렵다네. 알제는 내게 얘기해줄 게 아무것도 없고, 나도 내 가족도 기억하질 못해. 어느 여름이었나, 1963년이었던 것 같으니 독립 직후였군. 나는 직접 수사를 해보겠다고 마음먹고 알제에 다시 가봤지. 그러나 역에서 내린 순간, 난 어쩔 줄 몰라 하다가 그냥 되돌아오고 말았네. 날씨도 더웠던 데다 모처럼 도시 사람같이 차려입은 내 모양새가 영 어색했어. 게다가 나무를 키우고 곡식을 수확하는 시골의 느린 생활 리듬에 익숙해져 있던 촌놈 감각에는 모든 게 현기증이 날 정도로 너무 빨리 돌아가는 것 같았거든. 나는 곧장 유턴했어.

이유는? 뻔하지, 이 친구야. 옛집을 찾아간다 해도 엄마와 나, 우리를 맞아줄 건 죽음뿐이겠구나, 하는 생각이 든 거야. 죽음과 더불어 바다와 불의(不義)도 우릴 맞아주겠구나, 싶더군. 이 말이 좀 거창해 보이지. 오래전부터 준비해온 말로 들릴 수도 있겠지만, 어쨌든 그건 사실이라네.

가만있자, 정확하게 기억을 좀 해봐야겠어……. 우리가 어떻게 무싸의 죽음을 알게 되었더라? 어떤 보이지 않는 구름이 우리 동네의 길 위를 떠돌고 있던 것 같긴 한데. 그리고 화가 난 어른들이 요란한 몸짓을 해가며 떠들어대던 것도 기억나고. 처음에 엄마는 어떤 *가우리*가 한 아랍 여인과 그녀의 명예를 지켜주려던 이웃 청년까지 죽였다고 얘기해줬어. 불길한 기운이 우리 집 안에까지 스며들어온 건 밤중이 되어서였고, 엄마도 차츰 깨닫게 됐던 것 같아. 나 역시도 그랬고. 갑자기 긴 탄식 소리가 들려오더니 점차 커지면서 우레와 같은 소리가 되었어. 그 비명 소리는 집 안의 가구들을 부수고, 벽들을 무너뜨리고, 급기야는 동네 전체를 폭발시키고, 나만 홀로 내버려두었지. 기억이 나, 내가 막 울기 시작했던 게. 아무 이유도 없었어. 그저 사람들이 다들 나를 쳐다봤기 때문이었던 것 같아. 엄마는 사라졌고, 나는 바깥으로 떠밀리듯 나왔어. 무언가 나보다 더 중요한 것 때문에 밖으로 내쳐진 나는 집단적 재앙 한가운데서 어찌할 바를 모르고 있었지. 이상하지 않은가? 난 혼돈 속에서 이런 짐작을 했다네. 아마 아버지 문제일 것이다. 이번에야말로 아버지가 확실하게 죽은 것이다. 그러자 내 흐느낌은 더욱 커졌지. 긴 밤이 새도록 아무도 잠을 자지 않았어. 위로를 건네기 위해 사람들이 계속해서 찾아왔지. 어른들은 내게도 심각한 표정으로 설명을 해줬어. 그들의 얘기를 이해할 수 없던 나로서는 그들의 강렬한 눈빛, 요동치는 손들, 그리고 가난의 티가 줄줄 흐르는 신발들을 바라보는 걸로 만족해야 했지. 새벽녘에 이르러서야 나는 배가 지독하게 고픈 채로 어딘지도 모르는 곳에서 잠들고 말았지. 그날, 그다음 날에 관해선 기억 속을 아무리 뒤져봐도 소용이 없군. 그 이상은 기억나는 게 아무것도 없어. 쿠스쿠스(북아프리카 지역에서 주식으로 먹는 음식. 단단한 밀을 으깬 세몰리나를 쪄서 여기에 고기, 감자, 당근 등을 곁들여 먹는다) 냄새만 빼고. 그날은 말하자면, 깊고도 광대한 골짜기처럼 어마어마한 날이었던 거야. '영웅의 동생'이라는 새로운 신분을 얻은 나는 그런 내게 존경심을 보이는 다른 심각한 아이들과 함께 서성였어. 그러고 나선 아무 일도 없었어. 한 남자의 삶에서 마지막 날은 존재하지도 않게 된 거지. 그 얘기를 들려주는 책들 외에는 아무것도 없는 거야. 비눗방울이 터져버린 것처럼. 이거야말로 우리 삶의 부조리한 조건을 극명하게 보여주는 것 아니겠나. 누구도 자신의 마지막 날에 대해 어찌 해볼 도리가 없다는 것, 단지 삶의 우발적인 중지를 받아들일 수밖에 없다는 것 말일세.

난 이제 집에 갈 참이네. 자네는?

*

웅, 웨이터의 이름은 무싸야―아무튼 내 머릿속에선 그래.
그리고 저기 저 구석에 있는 사람에게도 무싸라고 이름을 붙
여줬다네. 그러나 저 사람에겐 전혀 다른 스토리가 있어. 나이
가 꽤 든 걸 보면 홀아비이거나 결혼을 했거나 둘 중 하나겠
지. 피부를 좀 보게. 꼭 양피지 같지 않나. 저 사람은 예전에 프
랑스어 교육을 담당하는 장학사를 지냈지. 나도 저 사람을 알
아. 하지만 저 사람의 눈을 똑바로 쳐다보고 싶진 않네. 그랬
다가 저 사람이 그 틈을 타 내 머릿속으로 들어와 자리를 잡
고 나 대신 자기 얘기를 떠들어대면 어쩌겠나. 난 슬퍼 보이는
사람들에게는 거리를 둔다네. 내 뒤에 앉은 다른 두 사람은 어
떠냐고? 이력이야 다 뻔하지 뭐. 이 지역에서 아직까지도 문
을 열고 있는 바들은 꼭 수족관 같아. 둔한 물고기들이 바닥
을 긁고 있는 수족관. 사람들이 여기 오는 건 자기 나이, 자기
신(神) 또는 자기 아내에게서 벗어나고 싶어서겠지만, 실은 혼
돈 속에 발을 들이미는 거지. 가만, 자네도 이런 종류의 장소
들에 관해선 아는 바가 좀 있을 것 같은데, 어떤가. 얼마 전부
터 이 나라의 바들은 모조리 문을 닫았기 때문에, 다들 가라앉

고 있는 배에서 다른 배로 건너뛰는 쥐들처럼 여기 이렇게 모여 있는 거라네. 그러다 마지막 바에 다다랐을 땐 늙은이들로 가득 차 있어 팔꿈치로 옆 사람을 밀치며 들어가야 할지도 몰라. 그 순간이야말로 진정한 마지막 심판이 아닐까. 거기에 자네도 초대해주지. 오래지 않아 그런 날이 올 테니까. 단골들 사이에서 이 바를 뭐라고 부르는지 아나? 타이타닉. 그런데 간판에는 산 이름이 씌어 있군. '제벨 젠델'이라. 왜 이런 이름을 붙였을까.

아니, 오늘은 형 얘기를 하고 싶지 않네. 차라리 여기 있는 다른 무싸들을 한 명 한 명 들여다보면서 평소에 자주 하듯이 상상이나 해보는 게 낫겠어. 저자들은 어떻게 태양 아래에서 발사된 총알을 맞지 않고 살아남을 수 있었는지, 어떻게 뫼르소 작가와 마주치지 않을 수 있었는지, 또 어떻게 아직까지도 죽지 않고 살아 있는지가 궁금해서 말이야. 저런 인간들이 수도 없이 많거든. 정말이야. 독립 이후로 지금껏 발을 질질 끌고 다니며 해안을 배회하고, 죽은 엄마들을 묻고, 자기 집 발코니에서 몇 시간씩이나 바깥을 내다보는 자들 말일세. 빌어먹을! 가끔씩은 이 바가 뫼르소 어머니가 살았던 양로원처럼 느껴지기도 한다네. 똑같은 침묵 속에서 똑같이 늙어가다가 똑같이 생을 마감하는 의식을 치르게 되겠지. 오늘은 좀 일찍부터 마시기 시작했네. 구실이야 있지. 밤에는 위산 역류 때문에 괴롭거든……. 자네도 형이 있나? 없다고? 그렇군.

응, 난 이 도시를 사랑해. 여자들에게도 하지 못한 온갖 험담을 이 도시에 퍼붓고 있긴 하지만 말이야. 사람들은 푼돈을, 바다를 아니면 온정을 찾아 여기로 온다네. 원래 여기서 태어난 사람은 아무도 없을걸. 다들 이 고장에 단 하나밖에 없는 저 산 너머에서 왔을 거야. 그리고 말이야, 나는 자네를 누가 보냈는지 또 나를 어떻게 찾아냈는지가 무척 궁금하다네. 믿을지 모르겠지만, 지난 기나긴 세월 동안 엄마와 내 말을 믿어주는 사람은 아무도 없었거든. 우리 둘은 결국 무싸를 정말로 땅속에 묻고 말았어. 그래, 그래, 그 얘기는 나중에 해주지.

아, 저 친구가 또 왔군……. 아니, 돌아보지는 말게. 난 저 사람을 '술병 유령'이라고 부르지. 저 사람도 거의 저녁마다 여기 온다네. 나만큼이나 자주 오는 것 같아. 우린 인사만 나눴지 말을 나눠본 적은 한 번도 없어. 저 사람에 관해선 나중에 또 얘기해주지.

3

이제 너무 늙어버린 엄마는 엄마의 엄마, 엄마의 증조할머니, 더 나아가 엄마의 고조할머니와도 비슷해 보일 정도가 됐어. 늙어가면서 어느 나이부터는 우리 얼굴이 조상의 얼굴들을 다 합쳐놓은 것처럼 보이게 되지. 서로 다른 얼굴들이 뒤섞여 부조화 속에 조합을 이루며 환생하는 거야. 어쩌면 저승 세계란 것도 끝없이 긴 복도에 모든 조상이 차례대로 줄지어 있는 것일지 몰라. 조상들은 살아 있는 자를 향한 채 말없이, 움직임도 없이, 끈질기게 한 날짜만을 기다리는 거지. 엄마는 이미 양로원에 살고 있는 거나 마찬가지야. 어두컴컴한 집에서 자신의 작은 육신을 마지막 짐으로 지고서 살아가지. 한 사람의 일생이라는 게 얼마나 기나긴 역사인가. 그 생각을 하면 늙어갈수록 몸이 오히려 작아진다는 게 납득되지 않을 때가 많아. 아무튼 엄마 얼굴 안에 모인 조상들이 모두 원형으로 둘러앉아 나를 앉혀놓고 야단을 치기도 하고, 마누라 감을 구하긴했는지 묻는 것 같은 느낌이 들곤 한다네. 난 엄마 나이를 몰라, 엄마가 내 나이를 모르듯이. 독립 이전에는 정확한 날짜를 모르고도 잘 살았어. 출산, 전염병, 기근 같은 사건들로 삶에 구획이 지어졌던 거지. 할머니는 티푸스로 돌아가셨는데, 그 사건만으로도 달력 하나를 만들기에 충분할 정도였다네. 또 내가 알기론, 아버지가 사라진 날은 12월 1일이었는데, 그때 이후로 그 날짜는 우리 마음의 온도를 나타내는 또는 혹한기의 시작을 가리키는 기준이 되었어.

솔직히 말해줄까? 사실 나는 엄마를 보러 거의 가질 않아. 엄마는 죽은 사람 한 명과 레몬나무 한 그루가 버티고 있는 하늘 아래 어느 집에서 살고 있다네. 엄마는 집 안 구석구석에 비질을 하며 하루를 보내지. 흔적을 지우는 거야. 누구의 흔적, 무엇의 흔적이냐고? 글쎄, 어느 여름밤에 새겨진 우리 비밀의 흔적이라고 해둘까. 그 비밀 덕에 나는 단번에 진짜 남자의 세계로 들어가게 되었다네……. 기다려보게. 이 얘긴 나중에 해줄 테니. 엄마는 알제에서 70킬로미터 떨어진 하주트, 예전에는 마랑고라고 불렸던 동네에서 살고 있어. 나는 거기서 유년기 후반부와 청년기 일부를 보내고 나서 공부를 계속하기 위해 알제로 갔지. 거기서 국유재산관리 관련 분야를 전공하고 하주트로 돌아와 직업을 가진 거야. 날마다 규칙적으로 돌아가는 생활 속에서 나는 스스로 성찰할 여유를 충분히 가질 수 있었어. 엄마와 나, 우린 둘 다 가능한 한 파도 소리와는 거리를 두고 살았지.

다시 우리 가족의 연대기로 돌아와 볼까. 우리는 알제를 떠나—내가 주비다를 봤다고 확신한 바로 그날—친척 아저씨 집으로 갔지만, 천덕꾸러기 신세로 오두막에 살다가 결국엔 그마저도 쫓겨나고 말았어. 그 뒤에는 프랑스인의 농장 터에 있던 작은 가건물에서 살았지. 엄마는 거기서 무슨 일이건 닥치는 대로 하는 하녀였고, 나 역시 잡일을 했어. 주인은 알자스 사람이었는데 얼마나 뚱뚱했던지, 끝내 자기 비계에 짓눌려 숨이 막혔던 것 같아. 사람들 얘기가, 그 작자는 누가 게으름이라도 피울라치면 가슴팍에 올라타 고문을 했다더군. 그의 튀어나온 목에는 아랍인의 시체가 들어 있다고도 했어. 삼켰는데 그만 목구멍에 걸렸다는 거지. 그 시절에 관해 생각나는 건 가끔씩 우리에게 먹을 걸 가져다주던 늙은 사제, 엄마가 황마 가방을 잘라 만들어줬던 내 옷, 명절 때 먹었던 거친 밀가루로 만든 음식 같은 것들이야. 우리가 겪은 가난에 대해 하소연을 늘어놓고 싶진 않네. 그땐 그래도 배고픔만이 문제였지, 불의가 문제 됐던 건 아니었으니까. 저녁때 구슬치기를 하며 함께 놀던 아이들 중에 다음 날 안 나오는 아이가 있으면 그 아이는 죽은 거였어. 그래도 우린 계속 놀았지. 그 당시는 전염병과 기근의 시대였어. 시골의 삶은 혹독했지. 도시에선 감춰져 있던 것, 즉 이 나라가 기아에 허덕이고 있다는 사실이 시골에선 그대로 드러났던 거야. 나는 특히 밤이면 남자들의 거친 발자국 소리가 무서웠어. 그들은 엄마에게 아무런 보호자도 없다는 걸 알고 있었거든. 어린 내가 엄마 곁에 붙어서 밤을 꼬박 새며 지켜야 했던 날들이 부지기수였어. 나는 명실상부한 아버지의 후손이었던 거지. 올드 엘 아싸스. 야경꾼.

신통하게도 우리는 하주트의 이곳저곳을 몇 년 동안 맴돌던 끝에 결국 제대로 된 집을 찾아냈다네. 엄마가 지금까지도 살고 있는 집이지. 엄마가 그 집을 우리 것으로 만들기까지 얼마나 많은 술책과 인내가 필요했을까? 그건 나도 모르지. 어쨌든 엄마는 냄새를 맡는 데는 귀신이었어. 눈치가 정말 빨랐지. 엄마 장례를 치를 땐 자네도 그 집에 초대해주지! 엄마는 어찌어찌해서 그 집에 하녀로 들어가게 되었고, 나를 등에 업은 채로 조국이 독립되기만을 기다렸어. 사실 그 집은 프랑스인 가족 소유의 것이었는데, 독립된 지 얼마 안 돼 그들이 황급히 떠나는 바람에 우리 차지가 된 거야. 그 집에는 침실이 두 칸 있었고, 벽에는 벽지도 발라져 있었어. 마당에는 작은 레몬나무 한 그루가 하늘을 향해 서 있었지. 옆쪽에는

47

작은 헛간이 두 개 있었고 헛간 입구에는 나무문이 달려 있었어. 벽을 따라 그늘을 지우던 포도나무와 새들의 날카로운 울음소리도 기억나는군. 엄마와 내가 원래 살았던 작은 골방은 지금은 이웃이 식품가게로 쓰고 있다네. 그 시기를 떠올리고 싶진 않아. 동정심을 구걸하는 것 같아서. 당시 열다섯 살쯤 됐던 나는 농장에서 일했어. 하루는 동이 트기도 전에 일어났지. 일거리도 드문 데다 가장 가까운 농장도 마을에서 3킬로미터나 떨어진 곳에 있었기 때문이야. 내가 어떻게 일거리를 얻었는지 아는가? 고백하지. 다른 일꾼의 자전거 타이어를 찢었다네. 그 사람보다 빨리 가서 그의 자리를 빼앗아야 했으니까. 그래! 배고픔 때문이었어. 희생자 시늉을 하고 싶진 않지만, 우리 집과 프랑스인의 집을 갈라놓았던 10여 미터를 움직이는 데 몇 년이 걸렸던 건 사실이야. 마치 악몽 속에서 진흙탕 속을 걷듯, 쓸려가는 모래 위를 걷듯, 그렇게 족쇄를 찬 채 걸어야 했다네. 그 집을 내 손으로 만져보고 그 집이 비어서 마침내 우리의 소유물이 됐다는 걸 확인하기까지는 10년도 더 걸렸던 것 같아. 그래, 맞아. 우리도 다른 사람들과 똑같이 한 거야. 우리도 자유가 주어지자마자 남의 집 문을 부수고 들어가 그릇들과 샹들리에를 훔친 거야. 그게 도대체 무슨 꼴이란 말인가. 얘기를 하자면 너무 길어 옆길로 그만 새야겠네.

그 집의 방들은 원래부터 컴컴한 데다 조명까지도 형편없다 보니 거기 가 있으면 꼭 초상집에서 밤샘을 하는 기분이라네. 나는 석 달에 한 번씩 거기 가서 한두 시간씩 졸며 엄마를 쳐다보고만 있다 오지. 다른 일은 아무것도 일어나지 않아. 나는 블랙커피를 한 잔 마시고 다시 길을 떠나, 이 바를 찾아들고, 또다시 기다리기 시작한다네. 하주트의 풍경은 뫼르소가 자기 엄마라는 사람의 관을 따라갔던 시절과 똑같아. 아무것도 바뀐 게 없어 보여. 시멘트 블록으로 지어진 새 건물들과 가게들의 쇼윈도, 그리고 어딜 가나 느껴지는 갑갑한 무기력증만 빼면. 식민지 시절의 알제리를 그리워하고 있냐고? 내가? 천만에! 내 말을 전혀 못 알아들었군. 내가 말하고 싶었던 건 단지 이거야. 그 당시엔 우리 아랍인들도 뭔가를 기다리고 있었지, 요즘처럼 제자리에서 뱅뱅 도는 것 같진 않았다는 말이야. 난 하주트와 그 주변을 샅샅이 알고 있네. 길가의 아주 작은 조약돌까지도. 마을은 더 커지긴 했지만 더 어수선해졌더군. 편백나무들도 사라졌고, 미완성의 빌라들이 늘어나면서 언덕들도 사라져버렸어. 들판에도 이젠 길이 없어. 하긴 들판 자체도 없어졌으니 원.

내가 볼 땐 하주트야말로 살아서 땅에 발을 디딘 채로 태양에 가장 가까이 다가갈 수 있는 곳인 것 같아. 적어도 내 어린 시절의 기억에 따르면 말이야. 그렇지만 지금은 거기가 그렇게 좋지 않아. 심지어 언젠가는 엄마를 묻으러 거기에 다시 가야 할 거라는 생각을 하면 걱정이 될 정도지. 엄마는 죽고 싶어 하지 않는 것 같지만, 사실 엄마 나이에 사라진다는 게 뭐그리 대수로운 일이겠나. 예전에 나는, 자네나 자네 나라 사람들은 절대로 제기하지 않았던 질문을 나 자신에게 던져본 적이 있다네. 그거야말로 수수께끼를 푸는 첫 번째 열쇠인 건 사실이니까. 그건 바로 뫼르소의 어머니가 묻힌 무덤은 어디 있을까, 하는 거지. 그래, 하주트의 어딘가에 있겠지, 그가 말한 것처럼. 그런데 정확히 어디냐고. 거기 가본 사람이 있긴 한건가? 책에 나오는 양로원에 가본 사람이 있을까? 묘비에 새겨진 비문을 집게손가락으로 짚어가며 읽어본 사람이 있을까? 내가 볼 땐 아무도 없어. 나도 그 무덤을 찾아봤지만 끝내발견할 수가 없었다네. 마을에는 비슷한 이름을 가진 무덤이상당히 많았는데도, 살인자 어머니의 무덤은 발견되지 않았어. 그래, 물론 설명이 가능하긴 해. 해방이 되면서 우리는 프랑스인의 묘지들을 노렸고, 아이들이 땅에서 파낸 해골을 공처럼 갖고 노는 것도 자주 봤었지. 우리에게는 마치 전통처럼당연한 일로 받아들여졌던 것이 있는데, 그건 바로 프랑스인들은 도망칠 때 우리에게 세 가지를 남겨놓는다는 거였어. 뼈, 도로, 그리고 단어들 ― 또는 죽은 자들('단어'라는 뜻을 가진 프랑스어 mot(모)와 '죽은 자'라는 뜻을 가진 프랑스어 mort(모르)는 철자와 발음이 비슷하다)……. 그런데도 그의 어머니 무덤은 찾지 못했어.

뫼르소가 자신의 출생에 대해 거짓말을 한 걸까? 그런 것 같기도 해. 그렇게 본다면 그의 전설적인 무관심과 냉혹함도 이해가 되지. 그건 태양과 무화과나무로 덮인 이 나라에서는 도저히 있을 수 없는 일이니까. 어쩌면 그의 어머니는 사람들이 믿는 그 사람이 아닐지도 몰라. 무슨 뚱딴지같은 소릴 지껄이느냐고 하겠지만, 내 의심엔 근거가 있다네. 뫼르소가 어머니 장례식을 그토록 세세하게 묘사한 걸 보면, 단순히 기록하는 게 아니라 우화를 지어내고자 하는 의도가 있었던 것 같지 않나? 고백이 아니라 심혈을 기울여 이뤄낸 재구성이라고나 할까. 기억이 아니라 너무도 완벽한 알리바이야. 내가 지금 얘기하는 걸 증명해낼 수만 있다면, 다시 말해 뫼르소가 자기 어머니 장례식에 참석조차 하지 않았다는 걸 보여줄 수만 있다면, 자네도 내 말이 무슨 소리인지 이해할 텐데. 몇 년 지난 후에 하주트의 토박이들에게 물어보고 나서 짐작하게 된 건데, 그자의 이름을 기억하는 이도 없거니와 양로원에서 세상을 뜬 노인의 이름을 기억하는 사람도 없고, 땡볕 아래에서 기독교도들의 장례 행렬이 지나가는 걸 본 사람도 없더라고. 이 얘기가 거짓이 아니라는 걸 증명해줄 유일한 어머니는 바로 내 엄마야. 지금도 엄마는 우리 집의 레몬나무 주변을 비로 쓸고 있는 중이지.

내 비밀 얘기, 아니 엄마와 나 우리 둘의 비밀 얘기를 듣고 싶은가? 하주트에서 있었던 일이지. 어느 끔찍한 밤에 달이 나를 부추기더군. 뫼르소가 태양 아래에서 시작했던 짓을 마저 끝내라고. 그 작자나 나나 별 탓, 엄마 탓으로 돌리는 건 다를 바가 없군. 난 쉴 새 없이 구덩이를 팠지. 가만있자, 영 찜찜한데! 자네를 보고 있자니, 내가 과연 자네를 믿어도 될지 모르겠어. 내가 지금까지 아무한테도 하지 않았던 또 다른 얘기를 한다면 믿어줄 텐가? 아, 어찌해야 좋을지 모르겠군. 그래, 지금은 아니야. 나중에 다시 생각해보자고. 이미 죽은 사람이 어디로 가겠는가? 이 횡설수설하는 것 좀 보게. 자네는 사건의 핵심만 알고 싶은 거지, 곁가지까지 듣고 싶은 건 아닐 거야, 그렇지?

무싸가 살해당하고 난 뒤 우리가 아직 알제에 살고 있던 시절, 엄마는 자신의 분노를 요란하고도 기나긴 애도로 승화시켰다네. 그럼으로써 이웃 여자들의 동정심을 얻고, 일종의 면죄부도 얻어 맘대로 길에 나돌아 다니고, 남자들과 어울리고, 남의 집에서 일을 해주고, 반찬거리들을 팔고, 가사 도우미 노릇을 해도 흉잡힐 염려가 없어졌지. 엄마의 여성성이 죽으면서 남자들의 의심도 함께 죽었던 거야. 그 당시 나는 엄마를 거의 볼 수 없었어. 나는 하루 종일 엄마를 기다리곤 했어. 엄마는 시내를 휘젓고 다니며 무싸의 죽음에 대한 조사를 하느라 바빴거든. 무싸를 알았거나, 기억하거나, 1942년 그해에 무싸와 마지막으로 마주쳤던 사람들에게 끊임없이 물으러 다녔지. 이웃 여자들은 내게 먹을 걸 가져다주었고, 동네의 다른 아이들도 중병에 걸린 환자나 장애인에게 베푸는 그런 배려를 보여주었어. '죽은 자의 동생'이라는 신분은 기분 좋기까지 했어. 사실 내가 형의 죽음을 괴로워하기 시작한 건 어른이 다 돼서였다네. 글을 읽을 줄 알게 되면서 비로소, 책 속에서 죽어야만 했던 내 형의 운명이 얼마나 부당한 것이었는지를 깨닫게 된 거야.

형이 사라진 이후로 내게 시간은 다르게 흘러갔어. 나는 완전한 자유를 누렸고, 그런 상태는 정확히 40일 동안 지속되었지. 그때서야 장례식이 치러졌거든. 우리 동네의 이맘(아랍어로 '이끄는 자' 또는 '모범이 되는 자'를 의미하는 말로, 이슬람교의 크고 작은 종교 공동체를 지도하는 통솔자를 일컫는다)도 당혹스러웠을 거야. 원래 실종된 사람의 장례는 안 치르는 게 관례인데, 무싸의 시신도 끝내 발견되지 않았으니 말이야……. 엄마가 이곳 저곳 무싸를 찾아다닌다는 건 나도 눈치로 대충 알고 있었어. 시체 안치소로, 벨쿠르 경찰서로. 엄마는 문이란 문은 다 두드리고 다녔지. 그래 봤자 소용없었지만. 무싸는 사라졌고 죽은 게 확실했으니까. 그것도 너무 감쪽같이 사라져버려서 실감이 나지 않을 정도였지. 모래와 소금뿐인 그 현장엔 둘밖에 없었지. 형과 살인자. 살인자에 관해 우리는 아는 게 아무

53

것도 없었지. 그는 엘 루미, 즉 '이방인'이었거든. 동네 사람들이 신문에 난 그의 사진을 엄마에게 보여주긴 했지만, 우리에게는 그 얼굴이 별다르게 보이지 않았어. 우리 수확물을 죄다 훔쳐간 덕에 살이 뒤룩뒤룩 찐 다른 프랑스인들의 모습과 다를 게 없었거든. 입술 사이에 삐딱하게 문 담배 말고는 특별한 점을 발견할 수가 없었지. 그의 얼굴은 금세 그의 동포들의 얼굴과 혼동되며 잊혔어. 엄마는 수많은 묘지에 다 가봤고, 형의 옛 친구들을 채근했고, 살인자와도 얘길 나누고 싶어 했지만, 그는 감방 깔개 밑에서 발견한 신문 조각하고만 대화를 할 뿐이었어. 다 헛수고였지. 그러는 동안 엄마는 수다 떠는 재주를 얻게 됐어. 엄마의 애도라는 것도 어느새 뛰어난 연기력을 보여주는 놀라운 코미디로 변했고, 결국 걸작으로 완성되었던 거야. 엄마는 또다시 과부가 되기라도 한 듯 자신의 비극을 팔아먹었어. 곁에 다가오는 사람들에게 자기를 동정하라고 강요했고, 온갖 종류의 병들을 지어내 머리가 아플 때마다 동네 여자들을 다 끌어 모았지. 엄마는 걸핏하면 내가 고아이기라도 한 듯 내게 손가락질을 하는가 하면, 나에 대한 애정을 순식간에 거두고는 의심으로 가득한 두 눈을 찌푸린 채 명령하듯 사납게 바라보기도 했어. 흥미로운 건 내가 죽은 사람 취급을 받은 것과는 대조적으로, 형 무싸는 산 사람 대접을 받았다는 거야. 엄마는 저녁때면 커피를 데우고, 잠자리를 봐놓고,

형의 발소리를 놓치지 않으려고 귀를 기울였지. 아주 멀리서부터, 그 당시 우리에겐 통행금지 구역이었던 알제의 아래쪽 동네에서부터 혹시나 인기척이 들려오지 않을까 해서. 나는 살아 있다는 게 죄스러운 동시에 내 것이 아닌 목숨에까지 책임을 느껴야 했다네! 경비원, 아싸스, 아버지와 마찬가지로 나도 다른 육신을 지키는 자였던 거지.

또 그 괴상했던 장례식도 기억나는군. 엄청나게 많은 사람이 모여 한밤중까지 계속 얘기를 나눴고, 아이들은 전등불빛과 수많은 양초에 맘을 빼앗겼지. 그러고 나선 빈 무덤이 생겨났고, 이 세상에 없는 자를 위한 기도가 이어졌어. 무싸는 40일간의 유예기간이 지난 뒤에 물에 휩쓸려간 것으로, 죽은 것으로 공인을 받았던 거야. 따라서 이슬람교에서 물에 빠져 죽은 이를 위해 베푸는 황당한 의식을 치렀지. 다 끝나고 나서 모두가 흩어지고 엄마와 나만 남았어.

아침인데도 아직 추워 난 이불 속에서 몸을 떨고 있어. 무싸가 죽은 지 몇 주 되었지. 바깥에서 온갖 소리가 들려와―지나가는 자전거 소리, 천식 환자인 타우이 영감의 기침 소리, 바닥에 의자 끌리는 소리, 철 셔터 올리는 소리. 난 목소리만 듣고도 어떤 여자인지, 나이는 얼마나 됐는지, 걱정거리는 뭔지, 기분은 어떤지, 그리고 그날 널릴 빨래가 어떤 종류일지까지도 짐작할 수 있지. 누가 우리 집 문을 두드리는군.

여자들이 엄마를 보러 온 거야. 그다음 시나리오는 나도 훤히 꿰고 있지. 침묵, 뒤이은 흐느낌, 몇 차례의 포옹, 또 다른 울음 소리. 그러고 나선 여인들 중 한 명이 방을 둘로 나누는 커튼을 들어 올리고 나에게 건성으로 미소를 지어주고는 빨은 커피 또는 다른 것이 든 병을 갖고 간다네. 그 모든 의식은 정오 무렵까지 계속되지. 그동안 나는 엄청난 자유를 누리는 동시에 존재감이 없다는 데서 다소 씁쓸한 기분도 느끼지. 오후에 들어서면 엄마는 오렌지 꽃 향수를 뿌린 머리 수건을 두르는 의식을 치르고, 끝도 없는 탄식을 늘어놓고, 또 한참 침묵을 지키고 있다가 비로소 나라는 존재를 기억해내고는 품에 안아주지. 그러나 그 순간에도 엄마가 원한 건 무싸이지 내가 아니라는 걸 난 알아. 그러나 그냥 놔둔다네.

엄마는 어떤 면에서 사나워졌어. 이상한 습관들도 생겼지. 시도 때도 없이 온몸을 씻었고, 틈만 나면 공중목욕탕에 갔다가 녹초가 되어 돌아와서는 끙끙 앓기도 했지. 엄마는 시디 압데라만 영묘〔알제 시에서 가장 오래된 모스크 중의 하나. 알제의 수호성인 시디 압데라만이 묻혀 있다〕에도 자주 갔어. 금요일은 신의 날이었으니까, 목요일에 갔지. 그곳에 관해 내게 남아 있는 어렴풋한 기억은 초록색 옷감들과 거대한 샹들리에, 그리고 향냄새와 뒤섞여 숨을 막히게 하는 여인들의 향기 같은 것들이야. 그 어둡고 미적지근한 공간에서 어떤 여인은 남편을, 어떤 여인은 임신을, 또 다른 여인은 사랑이나 복수를 갈구하며 이름과 예감을 속삭였지. 이 여인을 한번 상상해보게. 자기 식구들에게서 버림받고 남편에게 떠맡겨졌지만, 남편이란 작자는 자기 아내를 채 알기도 전에 도망쳐버렸어. 죽은 아들, 그리고 너무 조용해서 대꾸도 못 하는 또 다른 아들을 가진 엄마. 두 번씩이나 가족을 잃고, 생존하기 위해 이방인들의 집에서 일을 해야만 하는 여인. 엄마는 자신의 고난에 맛을 들였어. 난 뫼르소가 내 형에 관해서보다도 자기 엄마에 관해 더 많은 얘기를 하는 것도 이해가 간다네. 참 묘하지? 내가 엄마를 사랑했을까? 물론이지. 우리에게서, 엄마는 세상의 절반이거든. 하지만 나는 엄마가 나를 대했던 방식은 결코 용서한 적이 없다네. 나도 사실은 받아들이고 싶지 않았던 죽음에 대해 엄마는 날 원망하는 것 같았고, 그래서 나에게 벌을 줬던 거야. 모르겠어. 내 안에 들어 있던 저항의 기운을 엄마도 어렴풋이 느꼈던 건 아닌지.

엄마에겐 유령들을 살아나게 하는 재주가 있었지만, 반대로 곁에 있는 사람들의 존재는 없는 듯 무시하고 자기가 꾸며낸 기괴한 이야기의 물결 속에 빠뜨려버리기까지 했지. 내가 장담하는데, 우리 가족과 형에 관한 얘기라면 엄마가 나보다는 훨씬 더 잘 해줬을 거야. 글도 못 읽는 엄마지만 말이야. 엄마가 거짓말을 지어낸 건 속이고 싶어서라기보다는 현실을 바로잡고 싶어서, 엄마와 나의 세계를 강타했던 어처구니없는 상황을 부정하고 싶어서였을 거야. 무싸의 실종은 엄마를 무너뜨렸지만, 역설적이게도 엄마는 그걸 통해 어떤 불온한 쾌락, 다시 말해 끝없는 애도라는 쾌락에 입문하게 된 셈이라네. 오랜 세월 엄마는 해가 바뀔 때마다 무싸의 시신을 되찾겠다고, 아들의 숨소리 또는 아들의 걸음 소리를 듣겠다고, 아들의 신발 자국을 보겠다고 다짐했지. 난 그게 왜 그리도 창피하던지. 그 창피함 때문에 나는 나중에 엄마의 망상과 나 사이에 장벽을 놓아줄 언어를 배우게 됐던 거야. 그래, 이 언어. 내가 읽을 줄 알고, 지금 이렇게 내 생각을 표현할 수도 있는 언어, 엄마의 것이 아닌 언어 말이야. 엄마의 언어는 풍요롭고 다채로운 데다 생동감과 도약이 느껴졌고, 정확하진 않아도 순발력은 뛰어났어. 슬픔이 너무 오래 지속되다 보니, 그걸 표현하기 위한 새로운 어법이 필요하기도 했을 거야. 엄마는 자신만의 언어로 선지자처럼 말하며 자기를 위로해줄 여자들을 즉흥적으로 끌어 모았어, 바람이 삼켜버린 남편과 물이 삼켜버린 아들이라는 기막힌 재앙이 엄마 삶의 전부였던 거지. 난 그 언어와는 다른 언어를 배워야 했어. 살아남기 위해서. 그게 바로, 지금 이 순간 내가 말하는 이 언어라네. 우리가 하주트로 쫓기듯 떠났던 시기, 그러니까 열다섯 살쯤 되었을 때부터 나는 진지하고 심각한 학생이 되었지. 새로운 언어, 즉 뫼르소의 모국어를 배우고 책을 읽을 줄 알게 되면서 나는 점차 사물들에 다른 이름을 붙여줄 수 있게 됐고, 또 내 고유한 단어들로 세상을 다스릴 수도 있게 된 거야.

무싸를 좀 불러보게, 어서. 한 잔 더 시켜야겠어. 해도 떨어졌고, 바가 문 닫기까지 몇 시간도 채 안 남았군. 시간이 별로 없어.

하주트에선 나무들도, 하늘도, 손이 닿는 곳에 있는 것처럼 느껴졌어. 나는 마침내 한 학교에 들어갔는데 거기엔 나 같은 원주민 학생들이 몇 명 있었지. 그 덕에 나는 엄마를 좀 잊을 수가 있었네. 엄마는 마치 언젠가는 나를 제물로 바칠 작정인 양, 내가 커가고 먹고 하는 걸 걱정스런 눈길로 바라보았거든. 참으로 이상한 시기였어. 그 당시에 나는 길을 갈 때나 학교에 있을 때 또 농장에서 일할 때는 살아 있다는 기분이 들다가도, 집에 돌아갈 때면 무덤 속으로 아니면 엄마의 병든 배 속으로 들어가는 것 같은 느낌이었어. 엄마와 무싸는 저마다 자기 방식대로 나를 기다렸고, 나는 가족을 위해 복수의 칼날을 갈지 않고 허비해버린 시간에 대해 변명하고 합리화하는 걸 의무로 여기다시피 했지. 동네에서 우리 집은 을씨년스런 곳으로 여겨졌고, 다른 아이들은 나를 '과부네 아들'이라고 불렀어. 사람들은 엄마를 두려워하면서 엄마가 이상한 범죄를 저질렀을 거라고 의심했지. 그런 게 아니라면 뭐 하러 도시를 떠나 여기까지 와서 프랑스인들의 접시나 닦고 있겠느냐는 거 였어. 우리가 하주트에 도착하던 때의 모습이 괴상했을 거라 는 생각은 들어. 엄마는 신문지 두 조각을 접어 젖가슴에다 정 성스레 감추고 있었고, 사춘기 소년은 누추한 짐을 든 채로 고 개를 숙이고 벌거벗은 발만 내려다보았으니 말이야. 정작 살 인범, 그는 그때 명예의 마지막 계단을 오르고 있었을걸. 당시 는 1950년대였고, 프랑스 여자들은 짧은 꽃무늬 원피스를 입 고 햇빛에 가슴을 드러내놓고 다녔지.

하주트 얘기를 좀 해줄까? 엄마 말고 내 주변을 둘러싸고 있던 다른 사람들에 관해서도? 음라브티네 사람들의 모습이 떠오르는군. 고원지대에 있는 영묘에서 일을 하다가 비옥한 미티자로 이주하면서 포도를 수확하거나 우물 청소를 하던 이들이었지. 또 엘 멜라네도 있었지. 자네도 무슨 뜻인지 알 걸. '소금의 남자들'이라는 뜻이잖아. 예전에 마그레브〔아랍어 로 '해가 지는 지역' 또는 '서쪽'이란 뜻으로 대체로 오늘날의 북아프리카 지역, 즉 모로코, 알제리, 튀니지를 아우르는 지역을 가리킨다〕 지역에 살았던 유대인의 후손인데, 자기네 동포들 중에 술탄에 의해 참수된 자들의 머리를 보관하는─당연히 소금에─자들이었 지. 내 유년기의 증인들이 또 있냐고? 더는 생각이 안 나는군. 이웃들끼리 싸우던 것, 이불이나 옷 따위를 훔치던 것 정도만 조각조각 기억날 뿐이야. 음라브티네 아들들 중 한 명은 좀도

둑질을 한 뒤에 전원 감시인이 발자국을 따라 범인을 찾아오지 못하도록 자기 집에 뒷걸음질로 들어간다고 가르쳐주었지. 그 당시에는 가족의 성도 생일만큼이나 되는대로 아무렇게나 갖다 붙였다는 얘기는 이미 해줬을 거야. 난 올드 엘 아싸스였고, 엄마는 아르말라, 즉 '과부'였어. 과부는 더는 여자도 아닌 채 평생 수절하며 살아야 할 운명을 가진 묘한 신분이었지. 죽은 자의 아내라기보다는 죽음의 아내였던 거야.

그래, 오늘 엄마는 아직 살아 있지만 그건 나와는 아무 상관도 없는 일이라네. 분명히 회한은 남겠지만, 그래도 난 엄마를 용서할 순 없어. 나는 아들이 아니라 짐짝이었거든. 엄마는 이제 아무 말도 하지 않아. 아마 더는 무싸의 시신에 관해 곱씹을 게 남아 있지 않아서 그럴 거야. 난 자꾸만 생각이 난다네. 엄마가 내 일거수일투족을 간섭하던 것, 누가 집에 오기라도 하면 내 입을 틀어막고 나 대신 말을 하던 것, 엄마의 완력, 엄마의 심술, 화를 이기지 못할 때면 보이던 광기 어린 눈길까지도.

엄마 장례식 땐 자네도 데려가주지.

*

이제 밤이군. 하늘이 무한한 허공을 향해 막 고개를 돌렸어. 눈을 뜰 수도 없게 빛나던 태양이 사라졌을 때 자네가 보게 되는 건 신의 뒷모습이라네. 침묵. 나는 이 단어가 싫어. 이 말의 여러 다른 정의(定義)들이 부딪히며 내는 소란이 오히려 더 시끄럽거든. 세상이 침묵할 때마다 어떤 거친 숨결이 내 기억을 관통한다네. 한 잔 더 하겠나, 그냥 가겠나? 결정하게. 시간이 있을 때 마셔둬. 몇 년 지나면 침묵과 물만이 남아 있을 테니까. 어, 술병 유령이 또 나타났군. 여기서 자주 마주치는 작자야. 젊었어. 한 마흔 살쯤 됐을라나. 배운 티는 좀 나는데, 자기 시대의 신념과는 동떨어진 듯이 보이지. 맞아. 저 사람도 나처럼 거의 매일 밤 여기 온다네. 내가 바의 한쪽 끝을 지킨다면, 저자는 다른 쪽 끝을 지키지. 유리창 쪽 말이야. 돌아보지는 말게. 그럼 사라져버릴지도 몰라.

4

전에도 얘기했듯이, 무싸의 시신은 끝내 발견되지 않았다
네.

그러자 엄마는 내게 억지로 형을 환생시키는 의무를 떠맡
겼지. 내 체격이 웬만큼 커지면서부터 형의 옷을—형의 내의,
셔츠, 신발까지—입힌 거야. 내겐 너무 큰 그것들이 다 해질
때까지 입고 신어야 했지. 나는 또 엄마와 멀리 떨어져 있어도
안 됐고, 혼자 산책을 해도 안 됐고, 모르는 곳에서 잠을 자는
것도 안 됐어. 또 알제를 떠나기 전까지만 해도 바닷가로 놀러
가는 것조차 용납되지 않았다네. 바다는 요주의 대상이었어.
특히 파도가 유난히 잔잔할 때를 조심해야 한다고 신신당부
했지. 그 탓인지 난 지금까지도 모래사장에서 파도가 사그라

지며 발바닥 밑으로 모래알이 빠져나가는 게 느껴질 때면 꼭 물에 빠져 죽을 것처럼 겁이 난다네. 엄마는 파도가 자기 아들의 몸뚱이를 앗아갔다고 믿고 싶었던 것 같아. 그것도 줄기차게. 결국 내 몸은 죽은 형의 흔적이 되었고, 그러다 보니 난 엄마가 보내는 무언의 지령에 복종하지 않을 수 없게 된 거지. 내 몸이 허약했던 건 분명히 그 때문이야. 내가 끈질기게 공부했던 것도 그 약점을 극복하기 위해서였지, 야심 같은 게 있었던 건 아니라네. 나는 자주 아팠어. 그럴 때마다 엄마는 거의 병적인 관심을 보였고, 근친상간이란 의심이 들 정도로 노심초사하며 내 몸을 돌봤다네. 몸에 살짝 긁힌 자국만 있어도 마치 무싸 자신을 다치게 한 것처럼 야단이었지. 그러다 보니 나는 내 나이에 응당 누려야 할 건강한 쾌락을 즐기지도, 관능을 일깨우지도 못했어. 한마디로 사춘기 소년의 은밀한 에로티시즘을 박탈당했던 셈이지. 나는 말이 없어지고 부끄럼을 탔어. 공중목욕탕과 단체 놀이를 피했고, 겨울이면 사람들의 시선에서 나를 가려줄 젤라바를 입고 다녔다네. 몇 년을 그렇게 지내고 나서야 비로소 나는 내 몸과, 나 자신과 화해할 수 있었지. 과연 지금도 그런지는 모르겠네만. 나는 살아 있다는 죄책감 때문에 늘 몸가짐이 경직되어 있었어. 두 팔은 굼떴고, 얼굴엔 생기가 없었고, 표정은 어둡고 슬펐지. 야경꾼 아들답게 잠을 거의 이루지 못했고, 그건 지금까지도 그렇다네. 눈을 감으면 어딘가 알 수 없는 곳으로 떨어질 것만 같았거든. 닻의 역할을 해줄 이름 하나 없이 말이야. 그러니 얼마나 겁이 났겠나. 엄마가 자신의 두려움을 내게 떠넘겼다면, 무싸는 자기 시체를 내게 떠넘긴 셈이지. 그렇게 엄마와 죽음 사이에 긴 채 꼼짝할 수 없었던 사춘기 소년이 뭘 할 수 있었겠나.

그 시절에 관해 기억나는 건, 어쩌다 한 번씩 엄마와 함께 알제 시내를 쏘다녔던 거야. 엄마는 사라진 형에 관한 정보를 얻겠다며 종종걸음을 쳤고, 나는 엄마를 놓칠까 봐 하이크에 눈을 고정시킨 채 뒤쫓아갔지. 그러다 보면 엄마와 나 사이에 즐거운 친밀감이 생겨나면서 잠시나마 애정이 솟는 듯했어. 엄마는 과부 티가 나는 말투와 일부러 꾸며낸 한탄을 무기로 실마리들을 수집했지. 하지만 진짜 정보와 전날 밤에 꾼 꿈 조각들이 뒤죽박죽 섞이기 일쑤였어. 엄마가 겁에 질린 채 형 친구의 팔에 매달려 프랑스인 구역을 지나가던 모습은 지금도 눈에 선하군. 엄마는 범행의 증인들을 '스바니올리', '엘반디' 같은 괴상한 별명으로 부르기도 했어. 또 '살라마노'는 '살르마노'라고 불렀지. 뫼르소의 이웃에 산다던 그 개 키우는 남자 말이야. 엄마는 '리몽', 즉 레몽의 목숨도 요구했지만, 그는 다시는 모습을 보이지 않았지. 그자야말로 창녀니 복수니 하는 추문의 당사자로, 형을 죽게 만든 근본 원인이 아닌가. 그런데도 그가 과연 정말로 존재하기는 했었는지조차 의심스럽다네. 마찬가지로 범행 시간이 정말로 그때였는지, 살인자의 눈에 정말로 소금기가 들어갔었는지도 의심이 간다네. 가끔씩은 형의 존재 자체도 의심스러울 정도니, 더 말해 뭐하겠나.

그래, 우리는 그렇게 괴상한 짝을 이룬 채 알제 시내를 활보하고 다녔다네! 세월이 한참 지나 그 사건은 유명한 책이 되어 이 나라를 떠났지. 그 책에다 제물을 갖다 바친 셈인 우리 모자에게는 눈곱만큼의 명예도 남겨놓지 않고 말이야. 책이 나왔을 당시에도 난 여러 차례 기억에만 의존해 벨쿠르 구역을 훑고 다니며 똑같은 조사를 되풀이해보고, 건물의 정면뿐 아니라 창문들까지 샅샅이 살펴보며 실마리를 찾아보려 했었네. 저녁때 아무런 성과도 없이 맥이 빠져 집에 돌아올 때면 이웃 사람들은 우리에게 야릇한 눈길을 보냈어. 짐작컨대 우리는 동네 사람들 사이에서 동정의 대상이었을 거야. 하루는 엄마가 별 신빙성도 없는 제보를 근거로 또 길을 나섰어. 누가 주소를 하나 가르쳐줬다는 거였어. 알제라는 도시는 우리가 사는 동네 밖으로만 나서면 무시무시한 미로였거든. 그런데도 엄마는 나날이 진화되어갔지. 엄마는 쉬지 않고 걸었어. 공동묘지, 아케이드, 카페들을 지나고 사람들의 눈초리와 고함 소리와 경적 소리의 정글을 지나 마침내 한곳에 이르렀을 때 엄마는 우뚝 멈춰서더니 길 건너편에 있는 어느 한 집을 뚫어져라 쳐다보기 시작했어. 그날은 해도 쨍쨍했던 데다가 엄마가 어찌나 급히 걸었던지 난 엄마 옷자락에 매달려 쫓아가느라 헐떡거려야 했지. 엄마는 길 가는 내내 중얼중얼 욕설과 협박을 내뱉었고, 신과 조상에게, 아니 신의 조상에게 기도도 했어. 엄마가 왜 그러는지 나로서는 도무지 이해할 수 없었지만, 흥분한 상태라는 건 눈치 챌 수 있었지. 그 집은 별다른 특징이 없는 이층집이었고, 창문은 다 닫혀 있었어. 길 가던 프랑스인들이 경계의 눈초리로 우리를 쏘아보더군. 우리는 한참 동안 그렇게 아무 말 없이 버티고 서 있었어. 한 시간, 아니 두 시간쯤 지났을까. 엄마가 갑자기 날 팽개친 채 길을 건너가더니 그 집 문을 기세 좋게 두드렸어. 늙은 프랑스 여인이 문을 열더군. 노인은 역광 때문에 앞이 잘 보이지 않는지 손을 이마에 갖다 대고 엄마를 주의 깊게 들여다보았어. 뭔가 영문을 모르겠다는 듯 거북해 보이던 노인의 표정은 끝내 공포에 사로잡혔지. 얼굴이 붉어지면서 눈은 잔뜩 겁에 질린 채로 곧 비명을 지를 것만 같더라고. 엄마가 입에 한 번도 담아본 적 없던 저주를 쉴 새 없이 퍼붓고 있었던 거야. 노인은 층계참에서 엄마를 밀어내려 안간힘을 썼어. 난 엄마가 걱정됐어. 아니, 우리 둘 다 걱정됐어. 그러다 노인이 갑자기 의식을 잃고 쓰러져버렸어. 내 주위로 그림자가 드리우는 걸 보고 사람들이 모여들고 있다는 걸 알았어. 이곳저곳 사람들이 모였고 그중의 누군가가 소리쳤어. "경찰!" 한 여인이 엄마에게 아랍어로 빨리 도망치라고 외쳤어. 그러자 엄마는 돌아서서 세상의 모든 프랑스인에게 고하듯 고함을 질렀어. "바다가 너희를 모조리 삼켜버릴 거다!" 그러고 나서 엄마는 날 덥석 붙잡았고 우리는 미친 사람처럼 달렸지. 엄마는 집에 돌아와서는 입을 다물었어. 저녁도 못 먹고 잘 분위기였지. 나중에 엄마가 동네 여자들한테 떠벌리는 소릴 들으니, 살인자가 어린 시절 살았던 집을 찾아가 그의 할머니로 보이는 노인에게 욕을 퍼부어주었다고 하더군. 그냥 친척 중의 한 명일지도 모르지만, 아무튼 그 노인도 '루미아(roumia)'('루미(roumi)'의 여성형. 즉 '유럽 여자'를 가리킨다)인 건 맞지 않냐고 덧붙였지.

살인자는 바닷가에서 멀지 않은 어느 동네에 살았는데, 한참 지난 뒤에야 알게 된 사실이지만, 그에겐 제대로 된 주소도 없었어. 그가 살았다는 집이 있긴 했는데, 아래층은 카페였고 위층은 살짝 내려앉아 나무 몇 그루에 기대어 겨우 서 있는 형국인 데다 당시엔 늘 창문이 다 닫혀 있었지. 그러니까 엄마는 우리의 비극과는 아무런 관련도 없는 익명의 프랑스 노인에게 실컷 욕을 퍼부었던 거야. 독립이 되고도 한참 지나고 나서야 그 집에 새로 이사 온 사람이 덧창을 활짝 열어젖혔고, 그로써 미스터리는 깨끗이 해소되었지. 내가 왜 이 얘길 이렇게 자세히 하는지 알겠나? 그건 바로 우리가 살인자와 한 번도 마주치지 못했다는 것, 그의 눈을 똑바로 들여다보며 범행 동기가 뭐였는지 물어보지도 못했다는 걸 얘기하고 싶어서야. 엄마는 증거를 얻겠다고 수없이 많은 사람에게 묻고 다녔지만, 내 눈엔 그게 증거가 아닌 돈을 구걸하는 것처럼 보여 창피하기까지 했어. 엄마에게 그런 탐문 과정은 고통에 대처하는 의식과도 같은 것이었고, 프랑스인 구역에 겁 없이 함부로 들락거리는 건 기나긴 산책의 기회이기도 했지. 마침내 바닷가에 갔던 날도 기억나는군. 바다야말로 우리가 심문해야 할 마지막 증인이랄 수 있었지. 잿빛 하늘 아래, 바로 몇 미터 앞에 드넓은 바다가 펼쳐져 있었어. 우리 가족의 중대한 적, 아랍인들을 훔쳐가고 작업복 차림의 건달들을 죽여버린 바다 말이야. 바다야말로 엄마 목록에 올라 있는 마지막 증인임이 분명했지. 바닷가에 다다르자 엄마는 시디 압데라만을 불렀고, 신의 이름도 여러 차례 불렀어. 그러고는 내게 파도에서 멀리 떨어져 있으라고 위협하듯 명령하고 나서 주저앉더니 아픈 발꿈치를 주무르기 시작했지. 나는 어마어마한 범죄와 어마어마한 수평선을 마주한 채 뒤에 서 있었어. 이 문장을 잘 적어놓게. 나한테는 중요한 거니까. 그때 어떤 느낌이 들었냐고? 아무것도 못 느꼈어, 살갗을 스치는 바람 말고는. 어느새 살인이 일어났던 계절도 지나가고 가을이었거든. 느낀 게 있다면 기껏 찝찔한 소금기, 그리고 물결의 짙은 회색 빛깔 정도였지. 바다가 마치 벽처럼 보였어. 흐물흐물한 가장

자리가 계속 요동을 치는 그런 벽 말이야. 아득한 하늘에는 흰 구름이 무겁게 떠 있더군. 나는 모래 위에 굴러다니는 것들을 주워 모으기 시작했어. 조개껍질, 깨진 병조각, 병마개, 시커먼 해조류 같은 것들이었지. 바다는 우리에게 아무 말도 하지 않았고, 엄마는 무덤 위에 몸을 숙이고 있듯 그렇게 맥 빠진 자세로 물가에 머물렀어. 마침내 엄마가 몸을 일으키더니 오른쪽 왼쪽을 차례로 주의 깊게 바라보고 나서 쉰 목소리로 내뱉었어. "신이 너를 저주할 것이다!" 그러고 나서 엄마는 늘 하던 대로 내 손을 덥석 움켜잡고 나를 모래 밖으로 끌고 나갔지. 나는 엄마의 뒤를 따랐고.

결국 나는 어린 시절을 유령으로 살았던 셈이야. 물론 행복한 순간들도 없진 않았지만 기나긴 애도의 세월 속에서 그런 짧은 순간들이 무슨 의미가 있었겠나. 자네도 내 행복했던 때의 얘기나 듣자고 이 허풍선이 같은 독백을 참고 들어주는 건 아닐 테지. 일부러 날 찾아오기까지 했을 땐 말이야. 그러고 보니 자네가 어떻게 우릴 찾아냈는지 정말 궁금하긴 하군! 자네가 여기 온 건, 예전에 내가 그랬듯이, 무싸라는 인간 아니면 그의 시신이라도 찾고, 살인 현장을 알아내고, 자네가 발견한 걸 온 세상에 알리고 싶어서겠지. 이해해. 자네는 시신을 찾고 싶은 거야. 반대로 나는 시신에서 벗어나고 싶은 거고. 사실 시신이 하나만 있는 것도 아니라네, 나 참. 어쨌든 무

70

싸의 시신은 미스터리로 남아 있게 될 거야. 책에서도 그에 관해서는 한마디도 안 하고 있잖나. 그건 충격적인 폭력을 부정하려는 것 아니었을까? 살인자는 총알이 발사되자마자 미스터리 쪽으로 방향을 틀지. 그게 아랍인의 죽음보다는 흥미를 더 끌 수 있으리라 생각한 거야. 그가 눈부심이냐, 희생자냐, 둘 사이에서 어쩔 줄 모르는 채로 계속 가는 동안, 내 형 주드는 슬그머니 그 장면에서 빠져 어딘지 모를 곳에 숨겨지고 말았네. 누구의 눈에도 안 띈 채, 아무도 모르는 사이, 그냥 살해당하고 만 거지. 마치 신이 몸소 형의 몸뚱이를 감춰버린 것처럼! 경찰 조서에도, 재판 기록에도, 책 속에도, 묘지에도, 흔적이라곤 없어. 전혀. 가끔씩 나는 더 깊은 망상에 빠져들어 엉뚱한 생각을 하기도 한다네. 어쩌면 나야말로 내 형을 죽인 카인일지도 모른다고 말이야. 난 형이 죽은 후에도 그 시신에서 벗어나기 위해, 잃어버린 엄마의 사랑을 되찾기 위해, 내 몸과 내 감각을 되찾기 위해, 그리고 또…… 아무튼 무싸를 죽이고 싶었던 적이 얼마나 많았는지 몰라. 참 이상한 일이지. 사람을 죽인 건 엉뚱한 사람인데, 왜 내가 죄책감을 느껴야 하냐고. 왜 내가 이렇게 방황해야 하냐고…….

마지막 추억 하나 더 얘기해줄까? 우린 금요일마다 바벨웨드에서 가장 높은 곳까지 올라갔었어. 엘 케타르, 즉 '향수 공장'이라는 이름이 붙은 공동묘지 얘기야. 예전에 그 근처에 재스민 증류수 공장이 있었기 때문에 붙은 이름이라네. 우리는 2주에 한 번씩 금요일마다 무싸의 빈 무덤을 찾아갔어. 엄마가 흐느껴 우는 모습을 보고 있으면 왜 그리도 우습고 민망하던지. 그 구덩이 안에는 아무것도 없었으니 말일세. 거기서 자라던 박하, 나무들, 꼬불꼬불한 오솔길들, 새파란 하늘과 대조를 이루던 엄마의 새하얀 하이크가 떠오르는군. 구덩이는 비었고, 단지 엄마가 그곳을 기도와 거짓 일대기로 채워 넣고 있다는 것은 동네 사람들은 다 알고 있는 사실이었지. 바로 그곳에서 나는 삶에 눈을 떴다네. 정말이야. 거기서 나는 내가 이 세상에 당당히 존재할 권리가 있다는 사실을 깨달았어. 그래, 내겐 살 권리가 있었어! 비록 내가 처한 상황이라는 게, 산꼭대기까지 시체를 밀어올리고 굴러 떨어지면 또다시 밀어올리는 작업을 끝없이 반복해야 하는 부조리한 것이긴 했지만 말일세. 그 당시 묘지에서 보냈던 그날들은 내가 처음으로 세상을 향해 기도를 드리기 시작한 시기였어. 난 지금까지도 계속 기도문을 다듬고 있다네. 나는 또 그곳에서 막연하게나마 어떤 쾌감을 경험하기도 했지. 어떻게 설명할까? 날카로운 빛과 강렬하게 파란 하늘과 바람 속에서, 난 단순히 욕구를 채우고 난 뒤에 느끼는 충족감보다 더 관능적인 무언가를 느꼈다네. 그때 난 채 열 살도 안 됐었고, 여전히 엄마 젖에 매달려 있었는데 말이지. 묘지는 내게 놀이터와 같은 매력을 지닌 곳이었어. 나는 바로 그곳, 명확히 말하자면 엘 케타르, 즉 아랍인들의 묘지에서, 형을 마지막으로 묻으며 날 좀 가만히 내버려둬 달라고 말없이 절규했다네. 물론 엄마는 짐작도 못 했겠지만. 지금 그곳은 낙후되어 부랑자들과 술주정뱅이들이 진을 치고 있지. 사람들 얘기로는 밤마다 묘소의 대리석을 도둑맞는다 더군. 거기 가보고 싶다고? 그럴 필요 없어. 가봤자 아무것도 발견할 수 없을 테고, 선지자 유세프의 우물(《코란》12장의 내용으로, 유세프(구약성경에서는 '요셉')에 대한 아버지의 사랑을 질투한 형제들이 유세프를 깊은 우물 속에 빠뜨린다)처럼 파였던 형의 무덤은 더더욱 흔적조차 찾을 수 없을 테니까. 시신이 없다 보니 우린 아무것도 증명해 보일 수가 없었고, 따라서 엄마에겐 아무런 권리도 주어지지 않았어. 독립 전엔 사과 받을 권리가 없었고, 독립 후엔 연금 받을 권리가 없었지.

사실 처음부터 다른 길을 통해 접근해야 했어. 예를 들어 책들을 이용하는 것도 한 방법이었겠지. 더 명확히 말하자면 한 권의 책. 자네가 매일 저녁 이 바에 들고 오는 그 책 말일세. 나는 그 책이 나온 지 20년이 되어서야 읽어봤다네. 책 내용이 탁월한 거짓말이라는 점뿐 아니라 내 삶과 기막히게 일치하는 부분이 있다는 점 때문에도 난 충격을 받지 않을 수 없었어. 무슨 소린지 모르겠지? 그럴 거야. 잘 들어보게. 그 책은 일인칭으로 서술된 고백으로 이루어져 있지만, 뫼르소의 죄를 드러내주는 고백 같은 건 없다네. 그의 어머니는 존재하지도 않았고, 그에게는 더더욱 그러했겠지. 무싸는 그저 아랍인일 뿐이니 같은 인종의 다른 누구와 바꿔치기했어도 상관없었을 거야. 심지어 까마귀나 갈대로 바꿔도 그만일걸. 또 다른 거라도 좋고. 문제의 해변은 사람들 발에 밟혀서 또는 콘크리트 빌딩들에 덮여 사라져버렸어. 별—태양—외에는 증인이 없었지. 재판에 설 원고는 다른 도시로 이사 가버린 무식쟁이들이었어. 재판은 가면무도회, 하릴없는 식민자들에 의해 저질러진 악이었지. 무인도에서 만난 어떤 남자가 자기가 그 전날에 '금요일'이라는 사람을 죽였노라고 한들 그를 어쩌겠는가? 아무것도 할 게 없어.

언젠가 영화에서, 한 남자가 제단에 이르기 위해 긴 계단을 오르는 장면을 본 적이 있네. 그는 제단에서 어떤 신을 진정시키기 위해 목이 베어질 운명이었지. 그는 머리를 숙인 채 느릿느릿 힘겹게 올라갔어. 기운이 빠져 초췌한 데다 모든 걸 체념한 듯한 그는 몸을 빼앗긴 것처럼 보였어. 난 그를 사로잡은 운명주의와 수동성에 충격을 받았지. 아마도 그는 자신이 패배했다고 생각했겠지만, 나는 그가 단지 다른 곳에 가 있다는 걸 알았어. 그가 자기 육신을 마치 짐처럼 등 위에 지고 올라가는 걸 보고 알아챘지. 그 남자와 마찬가지로, 나도 희생당하는 자의 두려움보다는 짐꾼으로서 피로를 더 많이 느꼈다네.

*

어느새 밤이군. 이 휘황한 도시를 좀 보게. 낮과는 기막힌 대조를 이룬다는 느낌이 안 드나? 우리 인간의 조건과 균형을 이루려면 뭔가 거대하고 무한한 게 필요하긴 하지. 나날이 쥐만 늘어가고, 지저분하고 비위생적인 건물에다 계속 덧칠을 해대고 있긴 하지만, 그래도 난 한밤중의 오랑이 좋아. 이 시간엔 누구나 판에 박힌 일상 그 이상의 무언가를 누릴 권리가 있지 않겠나.

내일도 올 텐가?

5

자네 끈기가 대단한데. 영리한 순례자다워. 어째, 자네가
벌써 좋아지는 것 같군! 모처럼 얘기를 털어놓을 기회가 온
건 고마운데…… 그런데 말이야, 이 얘기에는 늙은 창녀와 비
슷한 구석이 있다네. 남자들을 너무 많이 상대하다 진이 다 빠
져버린 여자 말일세. 어찌 보면 양피지 같기도 하고. 이 사람
저 사람 손을 타는 동안 마구 짓이겨지고 너덜너덜해져서 이
젠 글씨조차 알아보기 힘들 지경인데도 거기 쓰인 글은 사람
들 입에 끝없이 오르내리고 있지. 그 와중에 또 자네는 이렇게
내 옆에 버티고 앉아 새로운 얘기, 아무도 듣지 못한 얘기를
기대하고 있군. 이 얘기는 순수함을 추구하는 자네와는 어울
리지가 않아. 자네가 가야 할 길을 밝히려면 죽은 자를 찾아다

닐 게 아니라 여자를 찾아 나서야 한다고.

어제 마신 그 와인을 또 시킬까? 떫으면서도 상큼한 맛이 괜찮던데. 얼마 전에 와인 만드는 사람을 만나 고충을 들은 적이 있는데, 일꾼을 구할 수가 없다더군. 그 일이 하람, 즉 불법으로 여겨지기 때문이래. 국영 은행들까지 합세해서 대출도 안 해준다는 거야. 하, 하! 늘 궁금했던 게 있어. 와인과 관련해선 뭐가 그렇게도 복잡한 거지? 천국에는 술이 넘치게 흐른다면서 여기서는 왜 그깟 음료에 지나지 않는 것을 갖고 악마 취급하는 거냐고. 음주 운전 때문일까? 신 대신 인간이 우주를 이끌고 하늘의 운전대를 잡고 있는 동안에는 인간이 술 마시는 것을 신이 탐탁찮게 여겨서인가……. 그래, 그래. 알았어. 또 뜬금없는 얘길 했군. 내가 좀 싱거운 소리를 잘하는 편이지. 자네도 지금쯤은 눈치 챘겠지만.

자네가 여기까지 온 건 내 형의 시신을 찾아내어 자네 손으로 책을 쓰고 싶어서겠지. 물론 그 사건에 관해선 내가 잘 알고 있지. 그것도 속속들이. 하지만 난 지리에 관해선 아는 바가 없다는 걸 좀 감안해주게. 내 머릿속에서 알제는 그림자일 뿐이야. 난 그곳에 가는 일이 거의 없고, 가끔씩 텔레비전에서 보는 게 전부라네. 내 눈엔 그 도시가 혁신적인 예술 풍조를 좇아가지 못하는 한물간 여배우처럼 보이더군. 아무튼 내 얘기에는 지리라는 개념은 들어 있지 않다는 걸 고려하게. 내 머릿속에서는 세상의 모든 일은 중요한 세 장소에서 이루어진다네. 도시―이런 도시, 저런 도시가 다 있지. 산―공격을 받았거나 전투를 벌이려 할 땐 산으로 숨어들지. 시골―모든 사람의 뿌리라 할 수 있지. 어떤 남자든 아내는 시골 출신이기를, 창녀는 도시 출신이기를 원하는 법이야. 난 저기 저 창밖으로 보이는 사람들도 어느 장소에 속해 있느냐에 따라 세 줄로 구별해서 세울 수 있어. 무싸가 산으로 올라가 신과 더불어 영원에 관한 대화를 나누는 동안, 엄마와 나는 도시를 떠나 시골로 살러 갔지. 그게 다야. 내가 글 읽는 법을 배우기 전까지는 더는 아무 일도 일어나지 않았어. 엄마가 가슴속에 품고 있던 무싸/주드의 죽음에 관한 신문 기사가 어느 날 돌연 제목이 붙은 책으로 변신하기 전까지는 정말 아무 일도 없었던 거야. 생각해보게. 그 책이야말로 세상에서 가장 많이 읽힌 책들 중 하나가 아닌가. 작가가 형에게 '흐메드'건 '카두르'건 '함무'건 이름 하나만 붙여줬더라도 형은 유명해졌을 거야. 제기랄! 그랬으면 엄마는 범죄 피해자 유가족에게 지급되는 연금을 받았을 테고, 나도 형의 동생임을 뻐기고 다녔겠지. 그런데 그게 아니었어. 살인자는 형에게 이름을 붙이지 않았어. 이름을 붙여줬다가는 자기에게 양심의 가책을 불러일으킬 수도 있었을 테니까. 이름을 가진 자는 쉽사리 죽일 수 없는 법이거든.

다시 얘기해보세. 언제나 근본적인 문제로 돌아가 따져볼 필요가 있지. 한 프랑스 남자가 황량한 바닷가에 누워 있던 아랍 남자 한 명을 죽여. 1942년 여름, 오후 2시의 일이야. 총알이 다섯 발 발사되지. 연이어 재판이 열리고 살인자는 자기 어머니 장례를 제대로 치르지도 않고 어머니에 대해 지나치게 무관심하게 얘기했다는 죄로 사형에 처해져. 단순히 보자면 살인이 일어난 건 태양 때문이거나 아니면 순전한 한가함 때문이지. 뫼르소는 어떤 창녀에게 앙심을 품은 레몽이라는 포주의 부탁으로 협박 편지를 한 통 써주게 되는데, 그 일이 점차 꼬이면서 결국 살인으로 끝난 거야. 아랍인이 창녀를 위해 복수하려 든다고 믿었기 때문에 그를 죽인 거지. 아니 어쩌면 그가 감히 건방지게 낮잠을 자려 했다는 이유 때문인지도 모르겠어. 자네 책을 이렇게 요약하는 게 거슬리지는 않나? 하지만 이게 바로 진실인 걸 어쩌겠나. 나머지는 다 작가의 재주로 덧붙인 장식일 뿐인걸. 그 사건이 난 이래로, 죽은 아랍인을, 그의 가족을, 그의 동포들을 걱정해주는 사람은 아무도 없어. 살인자는 출감하면서 책을 한 권 쓰는데 그게 아주 유명해지지. 그는 책에서 자기 자신에 대해, 사제에 대해, 그리고 부조리에 대해 어떻게 저항했는지를 얘기했어. 그 책 내용은 어떤 식으로 이해하려 해봐도 말이 안 돼. 그건 범죄 이야기이긴 하지만 정작 아랍인은 살해되었다고도 볼 수가 없는 게 손가락 끝으로 하루살이 죽이듯 그렇게 하찮게 죽여버렸거든. 아랍인이야말로 두 번째로 중요한 등장인물인데도 이름도, 얼굴도, 말도 없어. 이쯤 되면 대학생 양반, 자네도 감이 오지? 이 이야기야말로 말이 안 된다는 말일세! 이건 새빨간 거짓이야. 한 잔 더 들게. 내가 사지. 이 책에서 뫼르소는 세상이 아니라 세상의 종말을 그리고 있다네. 소유라는 것도 부질없고, 결혼도 사실상 필요 없고, 결혼식도 건성으로 치르고, 취향이랄 것도 별 거 없는 그런 세상이지. 사람들은 껍데기만 남은 채 텅 빈 가방 위에 앉아 병들어 썩어가는 개들에게나 집착하고, 두 문장 이상을 말할 능력도 없고, 네 단어 이상을 동시에 발음하지도 못하지. 자동인형들! 그래, 그거야. 이제야 그 단어가 생각나는군. 작은 프랑스 여인도 생각나네. 살인자 작가가 어느 날 레스토랑 홀에서 관찰하며 아주 잘 묘사해놓은 여자 말일세. 기계적인 동작, 빛나는 눈, 강박적인 행동, 덧셈의 고역, 자동인형 같은 몸짓. 하주트 번화가에 있는 시계도 또 생각나는군. 추시계와 프랑스 여인은 꼭 쌍둥이 같아. 시계의 기계장치도 독립하기 몇 년 전부터 이미 고장이 나 있었던 것 같던데.

내게는 미스터리가 갈수록 더 풀기 어렵게만 보이는군. 보다시피 나 역시도 엄마와 살인자를 등에 지고 있다네. 이건 운명이야. 나도 아무런 할 일이 없던 어느 날, 이 땅의 부추김에 못 이겨 살인을 저질렀다네. 아! 이 얘기를 다시는 안 하겠다고 그렇게 수없이 맹세했건만, 내 행동 하나하나가 그 일을 재연하고 무의식중에 자꾸만 떠올리게 되니 어쩌겠나. 어떻게든 그 얘기를 털어놓고 싶어서 자네 같은 호기심 많은 젊은이를 기다리고 있었는지도 모르겠네…….

내 머릿속에서 세상의 지도는 삼각형 모양을 하고 있네. 위쪽 바벨웨드에는 무싸가 태어난 집이 있지. 아래쪽으론 알제의 바다가 내려다보이는 지대에 주소조차 없는 장소가 있고, 살인자는 거기 처박혀 통 밖으로 나오지 않았어. 그리고 마지막으로, 더 아래쪽에는 해변이 있어. 그래, 그 해변! 지금은 남아 있지도 않지. 어쩌면 다른 곳으로 서서히 옮겨갔는지도 모르겠네. 증인들에 따르면, 예전에는 해변이 끝나는 지점에 나무로 지어진 작은 방갈로 하나가 있었다더군. 바위들을 등진 그 집 앞쪽을 지탱하는 말뚝들이 물에 잠겨 있었다고 했어. 그 사건이 있고 처음 돌아온 가을에 엄마와 함께 거기 내려가 봤을 때, 나는 그 장소가 너무 평범하다는 사실에 충격을 받았지. 내가 전에 얘기해줬잖은가. 엄마와 내가 바닷가에 갔었던 그때 말이야. 나더러는 뒤에 서 있으라고 하고, 엄마는 파도와 마주한 채 바다에다 대고 저주를 퍼부었다고 했었지. 지금도 난 바다에 가까이 다가가기만 하면 영락없이 그때의 기분이 되살아난다네. 그날 난 처음엔 좀 겁이 나면서 가슴이 쿵쾅

거렸지만, 그건 금세 실망으로 바뀌었어. 그 장소가 너무 시시해 보였던 거야! 길 끝의 반찬가게와 미용실 사이에다 억지로 《일리아드》(고대 그리스 작가 호메로스가 지은 가장 오래된 최대의 영웅 서사시. 10년에 걸친 그리스군의 트로이 공격 중 마지막 해의 50일 동안 일어났던 사건을 노래한 것으로, 모두 1만 5,693행으로 되어 있다)를 끼워 넣은 것 같다고 할까. 그래, 범행 장소는 실제로는 끔찍할 정도로 실망스러웠어. 내가 봤을 땐 무싸 형 사건은 지구 전체를 무대로 해야 했는데! 그때 이후로 나는 또 얼토당토않은 가설을 세우게 됐지. 무싸는 문제의 그 알제 바닷가에서 살해된 게 아니라는 거야! 어딘가 숨겨진 다른 장소, 은폐된 장면이 있을 것이다, 그렇게 생각하면 모든 의혹이 단번에 설명되거든! 왜 살인자는 사형 선고를 받고 또 처형이 됐는데도 풀려났을까? 왜 형은 다시는 발견되지 않았을까? 그리고 왜 재판에서는 아랍인을 죽인 것보다도 자기 엄마가 죽었을 때 울지 않았다는 게 더 큰 죄가 됐을까?

난 때때로 범행이 일어났던 바로 그 시각, 다시 말해 한여름, 태양이 대지와 너무도 가까워서 사람을 돌게 하거나 피를 보게 만드는 순간에 그 해변으로 가 샅샅이 뒤져볼까도 생각해봤어. 그래 봤자 소용없겠지만. 게다가 나는 바다가 불편하다네. 파도가 너무나도 무섭거든. 헤엄치는 것도 싫어. 물이 순식간에 나를 삼켜버릴 것 같아서. "내 형, 그는 어디 있는가? 왜 돌아오지 않는가? 바다가 내게서 형을 빼앗아갔고 형은 돌아오지 못하네"〔알제리 오랑 출신 가수 셰브 칼레드의 노래 〈Malou khouya〉의 가사〕. 이 지역에서 오래전부터 불려온 이 노래가 난 좋아. 한 남자가 바다에 실려 간 자기 형 얘기를 하고 있지. 머릿속에 이런저런 장면들이 떠올라 혼란스럽군. 너무 급히 마셨나 봐. 솔직히 말할까. 사실 난 그 짓을 이미 저질렀다네. 그것도 여섯 번씩이나……. 그래, 해변에 여섯 번이나 가봤다고. 아무것도 발견하진 못했어. 탄피도, 발자국도, 증인들도, 심지어 바위에 말라붙은 핏자국 하나도 찾아내지 못했어. 아무것도 없었어. 그러면서도 몇 년 동안이나 그 짓을 계속했다네. 그 금요일까지도. 벌써 10여 년 전의 일이군. 난 그날 그를 봤어. 파도에서 몇 미터 떨어져 있던 바위 밑에서 난데없이 어떤 그림자를 발견한 거야. 그림자는 그늘의 희미한 경계와 겹쳐져 있었어. 그때 이미 난 해안을 한참 걷고 난 끝이었지. 작가가 묘사했던 상황을 어떻게든 체험해보고 싶었거든. 햇빛에 녹초가 돼보든, 일사병으로 기절을 해보든 뭐라도 좋았어. 솔직히 술도 많이 마신 상태였지. 하늘이 벌이라도 내리는 것처럼 태양이 무겁게 짓눌렀어. 햇빛은 무수히 많은 바늘로 부서져 모래와 바다 위에 꽂히면서도 조금도 약해지지 않더군. 난 내가 어딜 가고 있는지 알고 있다고 생각했지만, 아마 그건 착각이었을 거야. 잠시 뒤 해변이 끝나는 지점에 이르렀을 때, 바위 뒤쪽에서 모래 위로 흐르는 작은 샘 하나가 눈에 들어왔어. 그리고 한 남자를 봤지. 그는 작업복을 입은 채 한가롭게 누워 있었어. 나는 두려움과 동시에 매혹을 느끼며 그를 바라보았지만, 그는 나를 거의 못 보는 것 같더군. 우리 둘 중 하나는 유령이 분명했고, 컴컴한 그림자에선 저승의 한기마저 느껴졌어. 그리고 나선…… 그 장면은 재미난 환영으로 변하기 시작했어. 내가 손을 들자 그림자도 따라 손을 들었지. 또 내가 옆으로 한 발자국 움직였을 땐 그림자도 몸을 옆으로 돌리더라고. 나는 심장이 멎는 것 같아 멈춰섰어. 그러고서야 깨달았는데, 난 무기도 칼도 없이 바보처럼 입을 헤벌리고 있었던 거야. 커다란 땀방울이 뚝뚝 떨어졌고 눈에선 불이 났지. 주변엔 아무도 없었고 바다도 말이 없었어. 나는 그게 누군가의 그림자라고 확신했지만 누구의 것인지는 알 수 없었어! 내가 신음을 내뱉자 그림자가 흔들렸어. 내가 뒤로 한 걸음 물러서자 그림자도 움찔하는 것 같더니 똑같이 따라했지. 나는 10여 미터 더 뒷걸음질 치다가 그만 쓰러져서 흐느꼈어. 그러고는 싸구려 와인에 취해 으슬으슬 한기를 느끼며 등을 대고 누웠지. 그래, 분명한 건 무싸가 죽은 지 여러 해가 지나서야 비로소 내가 그의 죽음을 받아들였다는 거야. 범행이 저질러졌던 현장에서 범행을 재연해보겠다는 시도를 하던 끝에 결국 나는 막다른 골목에, 유령에, 광기에 이르고 말았던 거야. 이 얘길 하는 건 다른 게 아니라, 자네도 묘지건 바벨웨드건 해변이건 가볼 필요가 없다는 얘길 해주고 싶어서야. 가봤자 아무것도 발견할 수 없을 거라고. 내가 벌써 시도해보지 않았나, 친구야. 내가 결론만 간단히 말해주긴 했지만, 사실 그런 일은 지금도 어느 머릿속에선가 일어나고 있다네. 내 머릿속에서든 자네 머릿속에서든, 그리고 자네를 닮은 사람들의 머릿속에서든. 일종의 저승 체험이라고 해둘까.

다시 한 번 얘기하는데 지리적인 건 염두에 두지 말게.

이 얘기에 〈창세기〉의 설화와 비슷한 점이 있다는 걸 받아들인다면, 내 관점을 더 잘 이해할 걸세. 카인은 여기에 도시와 도로를 세우러, 사람과 땅과 뿌리를 길들이러 왔지. 그의 불쌍한 친척인 주드는 소위 게으른 자세로 햇빛 아래 누워 있었고. 주드는 탐욕을 자극할 만한 건 아무것도 갖고 있지 못했어. 살인을 촉발할 만한 양 떼조차도 없었지. 따지고 보면, 그 카인〔원문은 ton caïn, 즉 '자네의 카인'이며 뫼르소를 가리킨다〕은 내 형을 아무것도 아닌 일로 죽였어! 가축을 빼앗겠다는 욕심 같은 것조차도 없이.

이쯤 해두세. 이 정도면 멋진 책 한 권 쓸 거리로는 충분하지 않나? 아랍인의 동생 이야기. 아랍인의 또 다른 이야기. 자네는 나한테 낚인 거야……

아, 유령, 내 판박이…… 그가 자네 뒤에서 맥주를 마시고
있는 거 아냐? 저자의 거동을 지켜봤는데 아무렇지도 않은
표정으로 슬금슬금 우리 쪽으로 다가오고 있어. 미련하기도
하지. 의식이라도 치르는 것처럼 늘 똑같은 짓을 되풀이한다
니까. 신문을 펴놓고 처음 한 시간 동안은 열심히 읽는 거야.
그러고 나서는 사회면 기사들을 오려내지. 아마 살인 사건
같은 것들일 거야. 테이블 위에 나뒹굴던 신문 조각을 한 번
들여다본 적이 있어서 내가 알지. 스크랩 작업이 끝나면 그
는 술을 마시면서 창밖을 내다보기 시작하지. 그의 실루엣은
점차 흐려지고 반투명해졌다가 거의 사라져버린다네. 그림
자처럼. 사람들은 저자의 존재를 의식도 못 해. 바에 손님이
그득할 땐 그의 윤곽조차 눈에 들어오지 않거든. 그가 말하
는 건 한 번도 들어본 적이 없어. 그래도 웨이터는 그가 뭘 주
문할지 눈치로 아는 것 같아. 저자는 늘 팔꿈치가 해진 낡은
윗도리를 걸치고 있지. 넓은 이마에는 변함없이 앞머리가 내
려와 있고, 시선은 명석하다 못 해 차가워. 담배 얘길 빼놓으
면 안 되겠군. 꺼지지 않고 피어오르는 담배 연기가 가느다
란 소용돌이로 꼬이며 저 높이까지 퍼져 그를 하늘과 연결해
주지. 그는 최근 몇 년간 내 곁에 가까이 있으면서도 나를 쳐
다본 적이 거의 없었어. 하, 하. 나는 그의 아랍인이야. 아니

면 그가 내 아랍인이던가.

잘 자게, 친구.

6

나는 엄마가 찬장 위에 감춰둔 빵을 이따금씩 훔쳐 먹곤 했어. 그리고 나선 엄마가 구시렁대며 이곳저곳 빵을 찾으러 다니는 걸 지켜보며 재미있어했지. 무싸가 죽고 몇 달 지났을 때였나 봐. 아직 알제에 살고 있던 어느 날 밤이었는데, 나는 엄마가 잠들기를 기다렸다가 몰래 열쇠를 훔쳐다 찬장을 열고 그 안에 있던 설탕을 거의 다 먹어치웠다네. 다음 날 아침 엄마는 화가 머리끝까지 나서 욕을 한바탕 퍼붓더니 신세를 한탄하며 자신의 얼굴을 할퀴기 시작했어. 실종된 남편에다 살해된 아들, 거기다 또 자기를 빤히 쳐다보며 재미있어하는 잔인한 아들까지. 그래 맞아! 지금 생각해봐도 난 엄마가 정말로 괴로워하는 걸 보면서 묘한 쾌감을 느꼈던 것 같아. 엄마에게 내 존재를 증명하기 위해선 엄마를 실망시켜야 했거든. 그건 숙명과도 같았어. 죽음보다도 오히려 그런 식의 관계가 우리를 더 긴밀하게 묶어주었지.

어느 날, 엄마는 나를 우리 동네 모스크에 보내기로 마음먹었어. 젊은 이맘의 관할 하에 있던 그곳에선 탁아소 역할도 그럭저럭 하고 있었거든. 여름이었어. 엄마가 내 머리채를 잡고 바깥으로 끌고 나갔지. 햇볕이 쨍쨍했어. 난 미친놈처럼 발버둥을 쳐서 겨우 엄마 손을 벗어나자마자 엄마한테 막 욕을 퍼부었어. 그러고는 방금 전 엄마가 나를 꾀느라 줬던 포도송이를 손에 든 채 도망쳤지. 달려가다 중심을 잃고 넘어지는 바람에 포도송이가 먼지 속에서 으깨져버렸어. 나는 몸 안의 눈물을 모조리 쏟아내기라도 할 듯이 울었지. 마침내 모스크에 다다랐을 땐 어째야 좋을지 모르겠더군. 이맘이 내게 왜 그렇게 슬퍼하냐고 물었을 때 난 무슨 생각이 들었던 건지, 어떤 아이가 나를 때렸다고 일러바쳤어. 그게 내 생애 최초의 거짓말이었던 것 같아. 내게 있어 그 일은 낙원에서 금지된 열매를 따먹은 것과도 같은 경험이었지. 그 순간 이후로 나는 교활해졌고, 음흉해졌고, 성장하기 시작했거든. 그러고 보니 내가 처음으로 거짓말을 한 날도 여름이었군. 그날, 그러니까 뫼르소가 혼자서 무료함 속에 제자리를 빙빙 돌며 자기 발자국만 내려다보고 있다가 끝내 아랍인들의 몸뚱이를 짓밟으며 세상의 의미를 찾으려 했던 날도 여름이었는데 말이야.

아랍인이라. 나는 내가 아랍인이라고 느낀 적이 한 번도 없었어. 흑인이라는 속성이 백인의 시각에 의해서만 존재하는 것과 같은 이치지. 동네에서, 우리 세계에서, 우리는 무슬림이었고 저마다 이름과 얼굴과 습관을 갖고 있었어. 그게 다였어. 그리고 그자들은 '이방인들', 즉 우리를 시험에 들게 하느라 신이 보낸 루미들이었지. 그러나 그자들에게 주어진 시간은 어쨌든 정해져 있어서 언젠가는 그들이 떠나리라는 확신 같은 게 있었어. 그랬기 때문에 우리는 그들에게 대답도 하지 않았고, 그들이 있는 곳에선 입을 다물었고, 벽에 기댄 채 기다리고만 있었던 거야. 살인자이자 작가인 뫼르소가 잘못 안 게 있어. 내 형과 형의 친구에게는 뫼르소와 그의 친구인 기둥서방, 그 둘을 죽일 의도 같은 건 전혀 없었다는 거야. 형과 친구는 그저 기다리고 있었을 뿐이야. 뫼르소와 기둥서방, 그리고 다른 수많은 프랑스인이 모두 떠나기를. 그건 너무 당연한 일이어서 우리는 아주 어렸을 때부터도 그것에 관해선 얘기할 필요조차 느끼지 않았다네. 결국 그들이 떠나게 되리란 걸 우린 알고 있었던 거지. 우리는 유럽인 구역을 지나가야 할 때면 그곳의 집들을 전리품처럼 나눠먹는 장난을 치며 재미있어하곤 했어. "저건 내 거야. 내가 제일 먼저 만졌다!" 누구 하나가 시작하면 다른 아이들도 덩달아 따라 했지. 다섯 살 때 벌써!

이해가 가나? 독립이 되면 어떤 일이 일어나게 될지를 직관적으로 알았던 거야.

결론적으로 내 형이 '아랍인'이 되고 그런 이유로 죽게 된데는 뫼르소의 시선이 결정적 역할을 했던 거라네. 1942년 여름, 저주받은 아침에 무싸는 내가 이미 여러 차례 얘기했던 대로 집에 좀 더 일찍 돌아오겠노라고 말했었지. 내겐 달갑게 들리지 않았어. 그 얘기는 곧 내가 길에서 노는 시간이 줄어든다는 걸 의미했으니까. 파란 작업복에 헝겊 신발을 신은 무싸는 밀크커피를 마시고, 지금 우리가 수첩을 들춰보듯이 그렇게 벽을 바라보고 있다가 단번에 몸을 일으켰지. 아마도 그날의 스케줄과 몇몇 친구들과의 약속 시간을 마지막으로 확인하고 난 뒤였을 거야. 날마다 거의 그런 식이었거든. 아침마다 집을 나가긴 하지만 항구나 시장에 일거리가 없을 땐 기나긴 시간을 빈둥거리며 보내는 것이었지. 무싸는 나가며 등 뒤로 문을 닫았고 "빵 좀 사올 거지?" 하고 묻는 엄마에게 대답도 하지 않았어.

내 가슴을 특히 미어지게 하는 건 바로 이 점이야. 형은 어쩌다가 그 해변에 가 있게 되었을까? 그 정황은 영원히 알 수 없겠지. 또 어떻게 한 남자가 단 하루 동안에 자기 이름과 자기 목숨을 잃는 것도 모자라 자기 시신까지 잃어버릴 수가 있을까? 이 의문에까지 이르면 도저히 풀리지 않는 미스터리에 머리가 빙빙 돌 지경에 이르지. 따지고 보면 이런 거야. 이 얘기는 좀 거창하게 말하자면, 그 시대 모든 사람의 얘기라고도 할 수 있다네. 형은 자기 집과 동네에선 무싸였지만, 시내의 프랑스인 구역 안으로 몇 미터만 들어가도 아무것도 아닌 존재였어. 그곳 사람들 중 누구 하나가 형을 쳐다보기만 해도, 이름부터 시작해 모든 걸 잃고 풍경의 사각지대에서 떠돌게 되기에 충분했던 거야. 사실 따지고 보면, 그날 무싸는 태양에 너무 가까이 다가간 것 말고는 별달리 한 짓도 없었어. 친구를 한 명 만나긴 했지. 라르비라는 자인데, 그가 피리를 불고 다니던 건 나도 기억이 나. 이상한 게 라르비라는 작자도 다시는 볼 수가 없었어. 마을에서 사라져버린 거지. 엄마와 경찰과 여러 소문들, 거기다 이 책에 쓰인 얘기까지도 피하고만 싶었겠지. 그에게서 남아 있는 건 억지로 갖다 붙인 '라르비/아랍인'이라는 두 단어의 괴상한 조합으로 이루어진 이름뿐이라네. 이보다도 더 익명으로 남아 있을 수가 있을까……. 아, 있군. 창녀가 있어! 난 그녀에 관해선 절대로 얘기하지 않아. 그거야말로 진짜 모욕이라는 생각이 들어서지. 그녀 얘기는 작가가 꾸며낸 거거든. 포주와 동거하던 창녀가 있고 그녀의 오빠가 원수를 갚아주려 한다는 허황된 얘기 말일세. 그 얘길 지어내야 할 필요가 과연 있었을까? 작가는 신문 조각에서도 비극을 지어내고〔카뮈의 〈오해〉의 내용을 암시한다〕, 화재에서도 황제의 광기를 그려내는(카뮈의 〈칼리굴라〉의 내용을 암시한다) 재주가 있긴 하지만 솔직히 난 실망했네. 왜 하필 창녀지? 무싸에 대한 기억을 모욕하고, 그를 더럽힘으로써 자신의 과오를 가볍게 만들기 위해서였을까? 난 지금까지도 그렇게 보고 있진 않네. 그보다는 오히려 의도적으로 모호한 역할들을 포진시키려 한 작가의 뒤틀린 정신을 엿보게 되지. 이 나라의 땅을 가상의 두 여인으로 비유한 건 아닐까. 먼저 프랑스인 구역은 그 대단한 마리, 온실 속에서 자라나 있을 법하지도 않은 순결함을 지닌 여인과도 같지. 그리고 소위 무싸/주드의 여동생이 있어. 난폭하고 비양심적인 포주의 손에 끌려 다녀야 하는 신세인 후자는 고객들과 지나다니는 사람들에 의해 경작된 우리 영토의 막연한 상징이라 할 수 있지. 아랍인 오빠의 명예를 지키기 위해 복수해야 하는 창녀. 자네가 나를 수십 년 전에 만났더라면 나는 '창녀/알제리의 땅'과 끊임없이 강간과 폭력을 일삼는 '식민자'라는 대립 항을 제시했을지도 몰라. 그러나 지금은 그런 것과는 거리를 두고 있지. 아무튼 주드 형과 내게는 여자 형제가 없어. 그 얘기는 이걸로 끝.

나는 계속해서 의문을 가질 수밖에 없어. 도대체 왜 무싸는 그날 그 해변에 갔던 걸까? 모르겠어. 할 일이 없어서였다고 하는 건 안이한 설명이고, 운명으로 치부하는 건 너무 거창한 해석이겠지. 오히려 적절한 질문은 이런 게 아닐까. 그 해변에서 뫼르소는 뭘 하고 있었을까? 단지 그날뿐만 아니고 아주 오래전부터 말일세! 솔직한 심정으론 한 세기 전부터라고 하고 싶군. 아니, 믿어주게. 나는 그런 종류의 사람은 아니네. 그는 프랑스인이고 나는 알제리인이라는 건 내겐 별로 중요하지 않아. 단지 무싸가 뫼르소보다 먼저 해변에 가 있었고 그가 무싸를 찾으러 갔다는 게 문제지. 그 대목을 다시 읽어보게. 뫼르소 자신이 고백하고 있지 않나. 길을 좀 잃고 헤매다 우연히 아랍인 두 명과 마주치게 되었다고. 내가 하고 싶은 얘기는, 그가 그렇게 한가함 때문에 살인을 저지를 정도의 삶을 살지는 않았다는 거야. 이름도 얻기 시작했고, 젊었고, 자유로웠고, 월급도 받고, 세상 돌아가는 걸 제대로 이해할 만한 능력도 갖고 있었으니까 그는 좀 더 일찍 파리에 정착하거나 마리와 결혼했어야 했어. 그런 그가 왜, 바로 그날, 그 해변에 갔던 걸까? 납득이 안 가는 건 살인뿐이 아니고 그 남자의 삶 자체도 마찬가지야. 그는 이 땅의 빛을 기막히게 묘사할 줄은 알았지만, 신들도 지옥도 없는 저승에 처박혀 있는 시체와 다를 바 없어. 눈이 부셔 어쩔 줄 모르는 나날이 있을 뿐이잖아. 그의 삶? 그가 사람을 죽이고 글을 쓰지 않았더라면 아무도 그를 기억하지 못했을걸.

한 잔 더 해야겠어. 웨이터를 부르자고.

어이, 무싸!

몇 년 전에도 마찬가지였지만, 오늘도 이런저런 사항을 돌이켜보고 따져보고 하다 보니 역시 놀라지 않을 수 없군. 우선 해변은 실제로는 있지도 않고, 소위 무싸의 여동생은 알레고리이거나 마지막 순간에 지어낸 허접한 변명일 뿐이고, 또 증인들도 하나하나 정체가 드러나게 될 거야. 그들은 가명을 썼고, 가짜 이웃들이었고, 기억 속의 존재들일 뿐이었거나 범행이 일어난 뒤 도망친 자들이었던 거지. 목록에 남아 있는 건 두 쌍의 커플과 고아 한 명뿐이야. 한쪽 편에는 뫼르소와 그의 어머니가 있고, 다른 편에는 엄마와 무싸가 있지. 그리고 나는 한가운데에서 내가 두 엄마들 중 누구의 아들인지도 모르는 채 이 바에 앉아 자네의 관심을 끌려고 애쓰고 있지 않나.

이 책의 성공은 아직까지도 흔들림이 없군. 자네가 열광하는 것만 봐도 알 만하지. 그렇더라도 내가 되풀이해 얘기하듯이, 그게 끔찍한 사기라는 생각은 떨칠 수가 없네. 알제리 독립 이후, 그 작가의 책을 한 권 두 권 읽어갈수록 난 엄마와 나의 처량한 신세를 절감하게 됐다네. 축제에 초대받지도 못한 채 유리창에 얼굴을 갖다 대고 축제 현장을 들여다보는 꼴이랄까. 모든 게 우리 없이 진행되었던 거야. 우리의 애도와 그 후에 우리에게 일어났던 일들의 흔적은 하나도 남아 있지 않아. 아무것도 없다고, 이 친구야! 세상 사람들 모두가 땡볕 아래에서 저질러진 살인에 대해 끊임없는 관심을 보이고 있지만, 뭐가 됐든 실제로 본 사람은 아무도 없고, 우리가 떠나가는 걸 본 사람도 아무도 없었지. 어떻게 그럴 수가 있지? 내가 화를 좀 낼 만도 하지 않나! 뫼르소가 책을 쓰는 데까지 나아가지 않고 자랑하는 정도로만 그쳤어도! 그 당시엔 그와 비슷한 사람들이 수없이 많았지만, 자기 범행을 완전범죄로 만든 건 그의 재주지.

*

어라, 오늘 저녁에도 유령이 안 보이네. 이틀 연속 결석이야. 죽은 자들을 인도하고 있거나 아니면 아무도 이해하지 못하는 책을 읽고 있는 게 틀림없어.

7

아니 됐어. 난 밀크커피는 별로야! 그 두 가지가 섞인 건 딱 질색이지.

내가 싫어하는 게 또 있군. 금요일. 난 금요일엔 아파트 발코니에 나가 길이며 사람들이며 모스크 따위를 바라보며 시간을 보내는 적이 많지〔이슬람 국가들에선 금요일이 휴일이고, 신자들은 매주 금요일 정오에 모스크에 모여 집단 예배를 드린다〕. 모스크는 너무 위압적이어서 오히려 신을 보지 못하게 가로막는다는 느낌도 들어. 나는 저기 저 아파트 4층에 살고 있다네. 어느새 20년이나 됐군. 구석구석 다 낡아빠졌지. 발코니에 기대어, 노는 아이들을 내려다보고 있다 보면, 수가 계속 늘어나는 새로운 세대가 늙은이들을 절벽 가장자리로 밀어내는 광경을 생중계로 지켜보고 있는 것 같다네. 부끄럽지만 난 그들에게 증오를 느끼지. 그들은 내게서 뭔가를 훔쳐가거든. 어제, 난 잠을 거의 설쳤어.

옆집 남자는 통 모습을 볼 수도 없지만, 주말이면 밤새도록 《코란》을 목청껏 낭송한다네. 아무도 감히 그만두라고 하지 못해. 그가 부르짖도록 만드는 건 바로 신이니까. 나 역시도 말릴 엄두를 못 내지. 나는 이 도시에서 충분히 소외되어 있거든. 그는 코맹맹이 소리로 탄식도 했다, 아첨도 했다, 그런다네. 꼭 고문자와 희생자의 역할을 돌아가며 연기하는 것 같지. 《코란》을 낭송하는 걸 들을 때마다 늘 드는 느낌은, 책 읽는 소리가 아니라 하늘과 피조물 사이의 실랑이를 듣고 있는 것 같다는 거야! 나로서는 종교라는 집단적 열정에 도통 빠져들게 되질 않는군. 나도 그 신을 향해 가고는 싶어. 필요하다면 걸어서라도. 단체 여행으로는 싫어. 나는 독립 이후로 금요일을 싫어하게 된 것 같아. 내가 신자냐고? 나는 신이라는 문제에 관해선 명백한 사실을 통해 답을 얻었어. 내 삶의 조건에 관해 떠들어대는 온갖 존재들 사이에 끼어서도—천사들, 신들, 악마들 또는 책들—나는 아주 어려서부터 알고 있었던 것 같아. 나 자신만이 고통을, 그리고 죽음과 일과 질병의 필연성을 이해할 수 있는 유일한 존재라는 걸 말이야. 전기 요금을 내야 하는 것도, 끝에 가서 벌레들의 먹이가 되어야 하는 것도 결국은 나 자신이라고. 그러니 꺼져! 한마디로, 나는 종교와 복종이 혐오스러워. 땅에 발을 디뎌본 적이 한 번도 없는 아버지, 배고픔이나 먹고살기 위한 노고를 한 번도 경험한 적 없는 아버지를 좇아가야 한단 말인가?

내 아버지? 아버지에 관해 알고 있는 건 이미 다 얘기해준 것 같은데. 난 학교 공책에다 이름을 적을 때면 꼭 주소를 적는 기분이었어. 아버지로부터 물려받은 성(姓)은 우리 집안 소속임을 나타내는 것 외에 다른 의미는 아무것도 없었으니까. 아버지가 남긴 다른 흔적은 전혀 없어. 낡은 옷 한 벌, 사진 한 장조차 없지. 엄마는 아버지의 특징이나 성격에 관해 얘기해 줌으로써 아버지를 육신을 가진 존재로 드러내는 게 싫었던 것 같아. 아주 작은 추억도 얘기해준 적이 없거든. 게다가 내겐 삼촌도 없고, 아버지의 모습을 그려줄 만한 친척도 없어. 정말 아무도 없어. 어렸을 때 난 아버지를 무싸와 비슷한 남자로 상상했었지. 더 큰 무싸, 화를 내면 우주가 뒤흔들릴 만큼 엄청나게 큰 거인, 세상 끝에 앉아 야경꾼이라는 자기 일을 해나가는 존재. 아버지가 도망친 건 권태 또는 비겁함 때문일 거라는 게 내 가설이야. 어쩌면 나도 결국 아버지와 같은 삶을 살았다고 할 수 있거든. 나는 내 가족을 가져보기도 전에 가족을 떠난 셈이야. 결혼을 해본 적이 없으니 말이지. 물론 나도 여러 여자들과 사랑을 해보긴 했지만, 그것이 나와 엄마를 한

데 묶어놓았던 엄중한 비밀에서 나를 해방시켜주진 못했지. 긴 세월 독신으로 지낸 끝에 얻은 결론은 이거야. 나는 언제나 여자들에 대해 강렬한 의심을 키워왔다는 것. 근본적으로 여자를 한 번도 믿어본 적이 없다네.

엄마, 죽음, 사랑. 이 매혹의 세 축 사이에서 사람들은 서로 다른 행태를 보이게 되지. 내 경우를 말할 것 같으면, 사실 어느 여자도 나를 엄마에게서, 엄마에게 느끼고 있던 막연한 분노에서 벗어나게 해주지 못했어. 또 긴 세월 동안 어디서나 나를 따라다니던 엄마의 시선으로부터 나를 보호해준 여자도 없었지. 엄마는 말없이 눈길만으로 내게 묻는 듯했어. 왜 무싸의 시신을 찾지 못했는지, 왜 형 대신에 내가 살아남았는지, 왜 내가 이 세상에 태어났는지. 내가 여자를 못 만난 데는 당시에 엄격했던 남녀 사이의 조심성도 한몫했지. 접근할 수 있는 여자 자체가 드문 데다, 하주트 같은 시골에서는 여자들과 얼굴을 드러낸 채 마주친다는 게 불가능했고, 말을 건넨다는 건 더더욱 생각할 수 없는 일이었거든. 게다가 나는 가까이에 여자 친척 한 명 없었다네. 내 평생에 그나마 연애라고 할 만한 유일한 사건이 있었다면 그건 미리엄과의 연애야. 미리엄은 나를 사랑해주고 내게 삶을 되돌려줄 만한 인내심을 가졌던 유일한 여인이지. 내가 미리엄을 알게 된 건 1963년 여름이 오기 좀 전이었어. 모두가 독립 후의 열광에 사로잡혀 있을 때였지. 지금도 그녀의 헝클어진 머리카락과 열정적인 눈이 기억나는군. 그 눈은 지금도 가끔씩 꿈에서 날 찾아온다네. 미리엄과의 연애 이후 내가 깨닫게 된 건, 여인들은 내가 가는 길을 함께 가지 못하고 다른 우회로를 찾으려 한다는 거야. 나는 다른 여인의 아들이고, 자신의 동반자가 되어줄 가능성은 없다는 걸 본능적으로 느낀 거지. 육체적인 면에서도 난 별로 내세울 게 없었어. 내 몸 자체를 얘기하는 게 아니라 여자가 상대방에게 기대하거나 갈구하는 걸 말하는 걸세. 여자들은 직관적으로 미완성품을 알아보고 청년기의 어설픔을 못내 극복하지 못한 남자들을 피하는 법이거든. 미리엄은 엄마에게 도전하려 한 유일한 여자였어. 엄마와 마주친 적도 거의 없었고, 내가 입을 다물고 머뭇거리는 걸 통해서만 엄마의 실제 모습을 알게 되었지만 말이야. 미리엄과 나, 우리는 그 여름에 열 번 남짓 만났어. 안 만나는 동안엔 편지를 주고받았는데, 몇 달 동안 그러고 난 뒤엔 편지가 끊기면서 모든 게 사그라졌지. 죽었거나 결혼했거나 아니면 주소가 바뀐 탓이었을지도 모르지. 누가 알겠어? 우리 동네의 어떤 늙은 집배원은 하루 업무가 끝날 때면 배달하지 못한 편지들을 죄다 내버리는 버릇을 갖고 있던 탓에 감방에 가고 말았다던데.

금요일이군. 내 달력에서 금요일은 죽음과 가장 가까이 있는 날이지. 사람들은, 이 날만은 예의의 관습에서 벗어나도 된다는 듯이, 변장을 하고, 우스꽝스런 옷차림도 마다않고, 낮 12시에도 파자마 차림으로 길거리를 나다니기도 하고, 슬리퍼를 신고 돌아다니기도 한다네. 이 나라에서 신앙은 금요일마다 은근히 게으름을 부추기고, 기가 찰 정도로 엉망인 상태로 다니는 것도 허락하지. 마치 신에게 갈 때는 꾀죄죄하고 지저분해야 하는 것처럼. 사람들이 점점 더 옷을 흉하게 입는다는 걸 깨닫지 못했나? 정성을 들이지도 않고, 우아함도 없고, 색이나 분위기의 조화에 신경 쓰지도 않지. 아무런 취향도 없어. 나처럼 빨간 터번, 조끼, 나비넥타이 또는 반짝이는 구두에 애착을 가진 늙은이들이 점점 더 보기 힘들어졌지. 공원들이 사라지듯이 그들도 사라지는 것 같아. 내가 제일 싫어하는 게 바로 기도 시간이야—이건 어린 시절부터도 그랬고, 몇 년 전부터는 더 심해졌어. 확성기에 대고 고래고래 소리 지르는 이맘, 둘둘 말아 겨드랑이에 끼고 다니는 기도용 양탄자, 미나레트(모스크에 딸려 있는 높은 탑)에서 울려 퍼지는 귀청 찢는 아잔(하루 다섯 차례 예배 시간을 큰 소리로 알려준다), 너무 현란한 모스크 건물, 그리고 서둘러 목욕재계를 하고《코란》을 낭송해대는 자기기만에 빠진 신자들의 위선. 자네는 파리에서 왔다고 했지? 여기선 금요일이면 이런 광경을 어디서나 볼 수 있을 걸세. 몇 년 전부터 거의 똑같은 장면들이 계속 펼쳐지고 있으니까. 난 옆집 사람들이 발을 질질 끌며 걸어 다니고 느릿

느릿 움직이는 소리에 잠을 깨지. 아니 그보다 훨씬 먼저 자명종 역할을 하는 건 일찌감치 깨서 몰려다니는 아이들이야. 꼭 벌레들이 내 몸 위를 기어 다니는 것 같다니까. 어디 그뿐인가. 새 자동차를 왜 그렇게 닦고 또 닦는 건지. 금요일이라는 영원의 날엔 태양의 움직임도 소용이 없나 봐. 그야말로 전 우주의 한가로움이 피부로 느껴진다네. 다들 그저 불알이나 씻고 시구나 낭송하고 그러는 거지. 가끔 이런 생각이 들곤 해. 독립 투쟁을 할 필요도 없어진 지금, 우리의 것이 된 이 땅에서 정작 사람들은 어딜 가야 할지 모르는 것 아닌가. 금요일? 이날은 신이 쉬었던 날이 아니야. 이날은 신이 도망치면서 다시는 안 돌아오겠다고 결심한 날이야. 사람들의 기도 뒤에 남아 있는 그 공허한 소리, 기원의 창에 갖다 댄 그들의 얼굴을 보면 그걸 알 수 있지. 부조리에 대한 두려움에 열의로 응답하는 사람들의 안색을 봐도 알 수 있고. 난 말이야, 하늘을 향해 올라가는 자는 싫어. 중력을 함께 나누는 자가 좋아. 감히 말하자면, 나는 종교가 끔찍하게 싫다네. 어떤 종교건 간에! 종교는 세상의 무게를 속이기 때문이지. 가끔씩 나는 옆집 남자와 나를 갈라놓는 벽을 부수고 그 남자의 목을 붙들고 말해주고 싶어. 징징거리는 낭송을 좀 그치라고, 세상을 받아들이라고, 자신의 힘과 존엄성에 대해 눈을 좀 뜨라고. 그리고 하늘로 도망쳐 절대로 돌아올 리 없는 아버지 뒤는 그만 좀 좇으라고 말이야. 저기 지나가는 저 사람들을 좀 보게. 어린 여자아이가 머리를 베일로 가린 게 보이지. 저 아이는 아직 몸이란 게 뭔지, 욕망이란 게 뭔지 알지도 못할 텐데. 자네는 저런 사람들과 뭘 하고 싶다는 거야, 응?

금요일이면 바들은 다 문을 닫고 나는 할 일이 없어지지. 사람들은 나를 호기심 어린 눈으로 바라본다네. 이 나이가 되어서도 아무에게도 기도하지 않고 아무에게도 손을 내밀지 않으니 말이야. 죽음에 이토록 가까이 와 있으면서도 신과 가까이 있다고 느끼지 않는다는 건 있을 수 없는 일로 보이겠지. "저 사람들을 용서해주십시오. (맙소사) 저 사람들은 저들이 무슨 일을 하는지를 알지 못합니다"(《누가복음》 23장 34절. 여기서는 성경 원문의 '아버지(père)'를 'mon Dieu'로 바꾸었다. mon Dieu의 원래 의미는 '나의 하나님'이지만 '맙소사'라는 의미로도 쓰이는데, 여기선 이중적인 의미를 갖고 있는 걸로 보인다). 난 온몸으로, 그리고 두 손을 모아 이 삶에 매달린다네. 삶을 잃을 때 난 혼자이고 또 내가 유일한 삶의 증인이거든. 죽음에 관해 말하자면, 나는 몇 년 전에 죽을 뻔했던 적이 있지만 그렇다고 신에게 가까이 다가가게 되진 않더군. 죽음을 생각하면서 오히려, 더 강렬하고 맹렬한 감각을 갖고 싶다는 욕망을 갖게 됐을 뿐이야. 게다가 원래부터 품고 있던 궁금증은 더욱 깊어지기만 했지. 그들은 모두 죽음을 향해 한 줄로 서서 가지만, 거기 갔다 되돌아온 내가 말할 수 있는 건 저승이라는 곳도 단지 태양 아래 텅 빈 해안일 뿐이라는 거야. 내가 신과 만나기로 약속하고 길을 가던 도중에, 자기 자동차를 고쳐야 하니 도와달라는 남자와 마주치게 된다면 과연 어떻게 할까? 모르겠어. 나는 도움을 청하는 남자 쪽이지, 거룩함을 찾아가는 행인은 아니거든. 물론 나는 이 도시에 살면서 침묵을 지키고 있고, 이웃들은 나의 이런 독립성을 부러워하면서도 싫어한다네 — 게다가 내게 대가를 치르게 하고도 싶을걸. 아이들은 내가 다가가면 입을 다물고, 또 어떤 이들은 내가 지나갈 때 욕을 하지. 내가 뒤돌아보면 도망칠 태세를 갖추고서 말이야. 비겁한 자들. 몇 세기 전이었다면 내 신념과 쓰레기통에서 발견된 레드와인 병들만으로도 난 화형을 당했을 수도 있어. 오늘날엔 그들은 단지 나를 피하기만 해. 나는 그런 인간들과 그들의 두서없는 희망에 대해 내가 마치 신이라도 된 듯 연민을 느끼지. 어떻게 사람들은 신이 단 한 사람에게만 말을 했고, 그 사람은 영원히 입을 다물고 있었다고 믿을 수가 있지? 가끔씩 그들만의 책《코란》을 뒤적이다 보면, 그 안에서 괴상한 중복, 반복, 탄식, 협박, 그리고 몽상을 발견하게 되지. 그럴 땐 꼭 늙은 야경꾼 아싸스의 독백을 듣고 있는 것만 같아.

아, 금요일!

바의 유령 말일세. 내 얘기를 더 잘 들으려는 건지, 내 얘기를 훔쳐가려는 건지 몰라도 어쨌든 자기 식대로 우리 주위를 맴도는 그 작자, 자네도 알지? 난 그 작자가 금요일엔 뭘 할지 궁금해지곤 해. 해변으로 가려나? 영화를 보러 가려나? 그에게도 엄마가 있을까? 아니면 안아주고 싶은 여인이라도? 재미난 수수께끼지, 안 그래? 보통 금요일이면, 하늘은 축 처진 배의 돛같이 보이고, 가게들은 문을 닫고, 정오쯤엔 전 우주가 텅 비어버린다는 걸 눈치 챘나? 그럴 때면 난 내가 뭔가 잘못하고 있는 건 아닌가 싶어져 죄책감에 가슴이 무겁다네. 하주트에 살 때 그렇게 끔찍한 날들을 얼마나 많이 겪었는지 몰라. 그럴 때면 늘 황량한 역에 영원히 처박혀 있다는 느낌도 함께 찾아왔지.

수십 년 전부터 나는 아파트 발코니에서 사람들을 내려다봤어. 서로 죽이고, 다시 일어서고, 하염없이 기다리고, 언제 출발해야 할지 망설이고, 머리를 흔들며 부정하고, 혼자 중얼거리고, 자신 없는 여행자처럼 겁에 질려 주머니를 뒤지고, 손목시계 대신 하늘을 올려다보고, 심지어 구덩이를 파고 그 안에 몸을 뉘인 채 좀 더 일찍 신을 만나겠다고 기도하는 것도 봐왔지. 얼마나 많이 봤던지, 오늘 난 그 모든 사람을 단 한 사람으로 여기게 되었다네. 그와는 거리를 두고 싶고, 너무 오래 얘기하는 것도 피하고만 싶네. 내 발코니는 이 도시에서도 사람들이 많은 곳을 향해 있어. 부서진 미끄럼틀, 비틀리고 굶주린 나무 몇 그루, 더러운 계단, 바람에 날라와 다리에 걸려 있는 비닐봉지들, 뭔지 모를 빨래들과 물탱크들과 위성안테나들로 어수선한 다른 발코니들. 이웃들은 눈에 익은 미니어처처럼 내 눈 아래에서 움직인다네. 콧수염 난 퇴역 군인은 자위할 때와 같은 무한한 쾌감을 느끼며 자기 차를 닦지. 새까맣고 눈매가 슬픈 또 다른 남자는 장례식이나 결혼식 때 대여해줄 의자며 테이블, 접시와 전구 같은 것들을 관리하고 있고. 다리를 저는 소방관도 있는데, 그는 주기적으로 자기 아내를 때리고 새벽이면 아파트 현관 앞에서—아내가 늘 남편을 밖으로 내쫓아버리거든—자기 엄마의 이름을 부르며 울고불고 용서를 빈다네. 이것 말고 다른 얘기는 더 해줄 게 없군. 맙소사! 이 정도면 자네도 내가 어떻게 살고 있는지 훤히 그림이 그려지지 않나. 자네 말마따나 몇 년 전부터 자네도 홀로 유배 생활을 하고 있다니, 알 만할 거야.

내가 자네한테 이 얘기를 해주는 건, 이게 바로 세상의 여러 면들 중 하나이기 때문이야. 내 머릿속에 들어 있는 또 다른 보이지 않는 발코니는 태양이 작열하는 해안의 장면을 향해, 찾을 수 없는 무싸 시신의 흔적을 향해, 그리고 한 남자의 머리 위로 내리쬐는 태양을 향해 있지. 그가 담배를 들었는지 권총을 들었는지는 나도 정말 모르겠어. 그 장면은 멀리 보이거든. 남자 피부는 갈색이고 약간 긴 반바지를 입고 있지. 호리호리한 편인 실루엣은 어떤 맹목적인 힘에 의해 움직이는 듯 경직돼 있어 — 자동인형이지. 구석에는 방갈로를 받치는 기둥들이 있고, 반대편 끝에는 이 공간의 경계를 이루는 암석이 있어. 이건 변화시킬 수 없는 장면이야. 파리가 유리창에 아무리 부딪쳐봤자 뚫고 나갈 수 없듯 나도 어떻게 해볼 도리가 없어. 그 장면 속으로 뚫고 들어갈 수가 없네. 거기에 발을 들여놓고, 모래사장 위를 달리고, 일들의 순서를 바꾸는 건 불가능해. 이 장면을 보고 또 보면서 내가 뭘 느낄 것 같은가? 일곱 살 때 느꼈던 것과 똑같은 거야. 호기심, 흥분, 스크린을 뚫고 들어가거나 가짜 하얀 토끼〔하얀 토끼는 《이상한 나라의 앨리스》에 나오는 등장인물로, 앨리스는 하얀 토끼를 쫓아가다가 토끼굴에 빠지면서 모험을 시작한다〕를 쫓아가고 싶은 욕구. 서글픔도 느끼지. 무싸의 얼굴을 선명하게 구별할 수가 없기 때문이야. 또 분노도 느껴. 그리고 늘 울고 싶기도 하고. 감정은 서서히 늙어간다네. 피부보다 더 느리게. 백 살까지 살다 죽는다 해도 죽는 그 순간에 느껴지는 건 아마도 두려움뿐일 거야. 여섯 살때, 밤에 엄마가 방의 불을 끄러 왔을 때 엄습하던 그런 두려움 같은 것 말일세.

아무것도 움직이지 않는 이 장면 속에서 뫼르소는 또 다른 남자, 다시 말해 내가 죽였던 다른 남자와는 어느 면에서도 닮은 구석이 없어. 그는 덩치가 컸고, 머리는 금발에 가까웠고,

눈 아래 그림자가 어두웠고, 줄곧 똑같은 체크무늬 셔츠를 입고 있었지. 그 다른 사람이 누구냐고? 생각을 해봐, 이 친구야. 다른 사람이란 언제나 있기 마련이잖아. 사랑에도 우정에도 또 기차 안에도 다른 사람은 반드시 있지. 그는 자네 맞은편에 앉아 자네를 뚫어지게 바라볼 수도 있고, 아니면 자네에게 등을 돌려 자네를 더더욱 쓸쓸하게 만들 수도 있겠지.

그렇듯 내 얘기 속에도 다른 사람이 한 명 있다네.

8

나는 방아쇠에 손가락을 대고 두 번 잡아당겼어. 두 발을
쐈지. 한 발은 배에다 또 한 발은 목에다. 다 합하면 일곱 발이
군. 왜 그 자리에서 이런 엉뚱한 생각이 들었을까(처음 다섯 발,
무싸를 죽인 다섯 발은 발사된 지 20년이나 지났는데……).

내 뒤에는 엄마가 버티고 있었어. 엄마의 눈길이 마치 손처
럼 내 등을 떠받쳐 서 있게 하더니, 내 팔을 들어 올렸고, 조준
하던 순간엔 머리를 살짝 숙이게까지 했지. 방금 내가 죽인 남
자의 얼굴에는 놀란 표정이 그대로 남아 있었어. 큰 눈은 휘
둥그레 뜬 채였고, 입은 흉측하게 뒤틀려 있었지. 멀리서 개가
짖었고, 마당의 나무는 검고 뜨거운 하늘 아래에서 떨었어. 내
온몸은 경직된 듯 옴짝달싹 못 했지. 권총의 손잡이는 땀으로

끈끈했고. 밤이었지만 시야는 또렷했어. 은빛으로 환하게 빛
나던 달 덕분이었지. 달이 얼마나 가까이 있던지 하늘로 뛰어
오르면 손이 닿을 것만 같았어. 남자 얼굴에선 땀이 흐르고 있
더군. 공포 때문이었겠지. 그의 마지막 땀이 온 대지를 뒤덮고
그도 거기 잠겨 흙과 섞여버리게 될 거라는 생각이 들었어. 그
러면서 죽음이란 것도 결국은 몸의 구성 성분이 해체되는 것
이라는 상상에까지 이르렀지. 그 과정에서 내 범행의 잔악함
도 녹아버릴 것만 같았어. 그렇게 되면 내가 저지른 짓은 암살
이 아니라 복원이 되는 거지. 게다가 내 평소 성향으로 봐선
도저히 말이 안 되는 이런 생각까지도 들더군. 그는 무슬림이
아니니까 죽여도 그만 아닌가 하는 것이었지. 그러나 곧 그게
얼마나 비겁한 생각인지 깨달았어. 그의 눈길이 생각나는군.
그 눈길은 나를 원망한다기보다는 미처 예견하지 못했던 막
다른 길을 바라보듯 그렇게 나를 바라보고 있었어. 엄마는 여
전히 내 뒤에 있었지. 엄마의 숨소리가 점차 가라앉더니 어느
순간 아주 부드러워지더군. 엄마도 이젠 안심하는구나, 싶었
어. 그 전까지 엄마 숨소리는 헐떡임에 가까웠거든("무싸가 죽
은 이후로 쭉 그랬지." 어떤 목소리가 내게 이렇게 말하더군). 달도 내
려다보고 있었다네. 하늘엔 온통 달뿐이었지. 달빛을 받아 가
벼워진 땅 위로 습한 열기가 삽시간에 내려왔어. 저 멀리 어두
운 지평선에서 개가 또다시 짖었지. 이번엔 한참 동안. 그 소

111

리에 나도 언뜻 마비된 것 같은 상태에서 깨어났던 것 같아. 어떻게 사람이 그렇게도 쉽게 죽을 수 있지! 우리의 이야기가 그렇게 연극처럼, 아니 코미디처럼 허망하게 끝날 수 있다는 게 어처구니없더군. 심장이 쾅쾅 뛰어 귀가 다 아플 지경인 데 다 관자놀이까지 함께 뛰었어.

엄마 역시 꼼짝도 않고 있었지만, 난 알 수 있었어. 이제 비로소 엄마도 세상에 대한 무한정한 경계심을 거두고 자신에게 걸맞은 노인다운 삶을 만나러 가기 위해 짐을 꾸리고 있었던 거야. 그건 본능적으로 알 수 있었지. 내 오른쪽 겨드랑이 아래에선 방금 세상의 균형을 깨뜨린 팔이 얼음장처럼 차가운 살덩이로 느껴졌어. "이젠 예전처럼 살게 될 거야." 누군가가 또 이러더군. 내 머릿속에 들어 있던 여러 목소리 중에 그 말을 한 건 아마도 무싸였을 거야. 살인자는 살인을 저지르는 바로 그 순간, 머리 한구석에서 해명을 지어내고, 알리바이를 꾸며대고, 화약 냄새와 땀내가 채 가시지도 않은 손을 말끔히 씻어줄 정황을 각색하게 되지. 내 경우엔 그런 신경을 쓸 필요조차 없었어. 난 몇 년 전부터 이미 알고 있었거든. 내가 사람을 죽이게 되더라도 누가 나를 구제해준다거나, 단죄한다거나, 심문한다거나 할 가능성조차 없으리라는 걸 말이야. 전쟁 중에는 특정한 누가 누구를 죽인다는 생각 자체를 하지 않지. 살인이 아니라 전쟁, 전투인 거야. 그런데 실제로 우리 집과 해변에서 멀리 떨어진 어디에선가는 그야말로 전쟁이, 해방 전쟁이 벌어지고 있었거든. 그 바람에 어지간한 범죄들은 모조리 묻혀버리고 말았어. 당시는 독립된 지 얼마 안 됐을 때라 프랑스인들은 바다를 건너 도망칠 것이냐 뒤로 물러나 주저앉을 것이냐를 놓고 우왕좌왕하고 있었지. 반면에 자네와 같은 민중(원문은 ton peuple이다. '자네의 민족', 혹은 '자네의 민중'을 뜻하는데, 이 대목의 문맥상, '자네가 속해 있는 민중 계층'을 뜻하는 것으로 이해된다)은 기뻐하며 작업복 차림으로 다시 일어섰고, 바위에서 낮잠이나 잤던 것에서 벗어나 이번엔 자기들이 나서서 죽이기 시작했어. 그러니 설사 무슨 일이 일어난다 해도 빠져나올 구멍은 충분히 있었지―그러나 나는 그런 합리화조차도 필요 없으리라는 확신을 내면 깊숙이 품고 있었다네. 죄는 엄마가 다 떠안을 테고, 그 남자는 단지 양심에 걸리는 게 있어 도망을 치려던 프랑스인이었을 뿐이니까. 사실 나는 마음이 후련하고 가볍고 자유로웠어. 마침내 내 몸뚱이가 살인을 저지를 운명에서 해방된 게 아닌가. 탕! 이 한 방으로 나는 광활한 공간을 마주하고, 앞으로 누리게 될 자유를 기대하며, 땅에서 피어오르는 따스하고 관능적인 습기와 레몬나무와 그 덕에 향기를 품은 뜨거운 공기를 맛보며 현기증을 느낄 정도였지. 나도 이제 영화를 보러 가거나 여인과 함께 해수욕을 할 수도 있겠구나, 하는 생각이 머리를 스치더군.

밤이 멈칫 물러나면서 돌연 한숨으로 변했어—여자와 자고 난 직후처럼. 정말이야. 난 묘한 수치심에 탄식까지 내뱉을 뻔했다네. 그때 느꼈던 수치심은 지금까지도 그순간을 돌이킬 때마다 생생히 떠오른다네. 우린 한참을 그런 상태로 있었어. 그 남자의 내세는 어떠할지 궁금해하면서 말이야. 1962년 어느 여름밤, 불행히도 우리 집으로 피신 왔던 그 프랑스인, 살인을 저지르고 나서 팔을 내려뜨리지도 못하는 나, 괴상한 집착에 이끌려 마침내 복수를 이뤄낸 엄마. 이 모든 것이 1962년 휴전 기간 동안 세상의 이면에서 일어났다네.

그 무덥던 밤, 살인을 예감하게 하는 건 아무것도 없었어. 그 일을 저지른 직후에 내가 느꼈던 게 정확히 뭐였냐고? 그야 엄청난 후련함이지. 공을 세운 듯한 뿌듯함. 비록 명예는 없었지만 말이야. 내 안 깊숙이 들어앉은 무언가가 어깨를 웅크리고 두 손에 머리를 박은 채 너무나 깊은 한숨을 내쉬어서 나는 애처로운 마음에 눈물을 글썽였다네. 그러고는 눈을 들어 주변을 둘러보았어. 방금 내가 알지도 못하는 남자를 처형한 마당이 어찌나 넓던지 나는 또 한 번 놀랐어. 시야가 훤히 트이면서 맘껏 숨을 쉴 수 있게 된 것 같았지. 그때까지 나는 줄곧 무싸의 죽음과 엄마의 감시가 쳐놓은 울타리 속에 갇힌 채 살고 있었거든. 그날 난 비로소 지구 전체만큼이나 광활하게 펼쳐진 대지 한가운데에 서 있게 된 거야. 그 밤이 내게 선사해준 것이었지. 내 심장이 제자리를 찾아가면서 다른 사물들도 마찬가지로 다 제자리를 찾아갔어.

엄마는 엄마대로 프랑스인의 시체를 살펴보았어. 머릿속으론 어느새 무덤을 얼마만한 크기로 파야 할지 계산하고 있었겠지. 엄마가 뭐라고 말했지만 내 귀엔 들어오지 않았어. 그러나 같은 말을 되풀이하는 바람에 결국엔 알아들었지. "빨리 해!" 이 말을 하는 엄마의 어조는 단호하고 엄격했어. 중대한 일을 지시하는 것처럼. 시체를 묻는 것뿐만 아니라 현장 수습도 해야 했어. 연극의 마지막 막이 끝났을 때처럼 청소를 해야 했지(해안의 모래를 쓸고, 시신을 수평선 아래 물결 속에 빠뜨리고, 아랍인 두 명이 누워 있던 문제의 바위는 밀어내어 언덕 뒤에다가 처박고, 무기는 거품처럼 녹여버리고, 스위치를 눌러 하늘의 불을 다시 켜고, 바다도 원래의 호흡을 되찾게끔 하고, 마지막으로 그 사건 때문에 바짝 얼어 있을 사람들을 만나러 방갈로를 향해 올라가는 거지). 아 참! 한 가지가 또 있군. 내가 살아온 모든 시간이 담겨 있는 저주받은 시계의 시곗바늘을 돌려 무싸의 살인이 일어난 바로 그 시간, 즉 오후 2시 ─ 주드를 가리키도록 만드는 거야. 내가 프랑스인을 죽인 건 새벽 2시경이었지만 말이야. 시계의 톱니바퀴가 돌아가면서 다시 규칙적으로 째깍째깍 소리가 들려오기 시작했어. 그리고 그 순간부터 엄마는 원한 때문이 아니라 자연의 순리에 따라 늙어가기 시작했지. 얼굴은 주름으로 구겨졌고, 마침내 편안해진 엄마의 조상들도 엄마에게로 다가와 이제 끝을 향해 가는 기나긴 이야기를 다시 들려줄 수 있게 된 거야.

나는 어땠냐고? 글쎄, 뭐라고 얘기하면 좋을까? 마침내 나에게도 새로운 삶이 주어졌다고 해야 하나? 비록 새로운 시체를 끌고 다녀야 하는 신세가 되긴 했지만, 그래도 그건 내 시체가 아니고 모르는 남자 시체이니 좀 낫지 않겠나. 그날 밤의 일은 죽은 자들과 무덤에서 파낸 시체들로 이루어진 기묘한 우리 가족의 비밀로 남았지. 우리는 마당 바로 옆의 땅에다 루미의 시신을 묻었어. 엄마는 죽은 자가 되살아날까 봐 망을 봤고, 나는 달빛 아래에서 땅을 팠지. 두 발의 총성을 들은 사람은 아무도 없는 것 같았어. 그 시절에는 흔히들 사람을 죽였다는 얘기는 이미 해줬었지. 독립된 지 얼마 안 됐던 그 괴상한 시절에는 사람을 제멋대로 죽여도 그만이었다고. 전쟁은 이미 끝났는데도 살인을 사고나 복수의 스토리로 포장할 수 있었던 거지. 마을에서 프랑스인 한 명이 사라졌다? 그건 얘깃거리도 안 됐어. 적어도 처음에는.

자, 이제 우리 집안의 비밀이 뭔지 알았겠지. 자네뿐 아니라 자네 뒤에 있는 저 미심쩍은 유령까지도 알게 됐겠군. 내가 저자의 거동을 쭉 지켜봤는데 하루하루 지날수록 조금씩 우리 쪽으로 다가오고 있어. 그러니 내 얘기를 다 들었을지도 몰

라. 뭐, 아무렴 어떤가.

아니, 난 정말로, 내가 죽인 그 남자에 관해서는 아는 바가 전혀 없어. 몸집이 뚱뚱한 남자는 체크무늬 셔츠에 군복 윗도리를 입고 있었지. 그의 체취도 기억나는군. 그날 밤 새벽 2시, 수상한 소리에 놀라 깬 엄마와 내가 밖으로 나가 소리가 난 곳을 찾고 있었을 때, 우리 눈에 들어온 그의 첫 모습은 그랬어. 뭔가가 떨어지는 소리가 툭 하고 나더니 그보다 더 시끄러운 고요와 불쾌한 공포의 냄새가 뒤를 이었지. 그는 어찌나 하얗던지 몸을 숨기고 있던 어둠 속에서도 그의 윤곽이 드러나더군.

내가 그날 밤 어둠은 얇은 커튼 같았다고 말했었지. 또 그 시절엔 흔히들 사람들을 많이 죽였다는 얘기도 했었고. OAS(Organisation armée secrète)〔비밀군사조직. 알제리를 프랑스에 계속 종속시키기 위해 1961년 2월에 결성된 테러 단체〕뿐 아니라 마지막에는 FLN(Front de libération nationale)〔민족해방전선. 무력 전투 방식으로 알제리의 독립을 쟁취한다는 목표 아래 1954년 10월 10일 결성된 단체〕의 주누드〔아랍어 '준디'의 복수형. '준디'는 알제리의 독립을 위해 싸운 알제리 이슬람 전사를 가리킨다〕도 한몫했지. 혼란의 시기, 주인 없는 땅, 식민자들의 갑작스런 탈출, 점령당한 집들. 매일 저녁 나는 망을 봤어. 우리가 새로 점거한 집을 도둑들에게서 지켜야 했거든. 우리는 거기 살고 있었다는 이유만으로 그 집의 새로운 주인이 되었던 거야. 일은 아주 간단하게 진행되었어. 어느 날 아침, 주인집에 붙어 있던 우리 골방에까지 시끄러운 소리가 들려왔어. 고함 소리, 가구 옮기는 소리, 자동차 엔진 소리, 그리고 또다시 고함 소리. 1962년 3월의 일이었지. 나는 별로 할 일도 없어 집에서 빈둥대던 터였어. 엄마가 몇 주 전 부터 세워놓은 특별한 규칙에 따라, 엄마가 감시할 수 있는 범 위 내에 머물러야만 했거든. 주인집에 들어갔던 엄마는 한 시 간쯤 후에 울면서 돌아왔어. 그러나 그건 기쁨의 눈물이었지. 주인집 식구들은 모두 떠났고, 우리가 그 집을 지키는 임무 를 맡게 되었다는 거였어. 다시 말해 주인이 돌아올 때까지 관 리를 책임져주기로 했다는 것이지. 그러나 주인은 다시는 돌 아오지 않았어. 그 집 식구들이 떠난 다음 날, 우리는 새벽부 터 이사를 했지. 그 첫 순간을 어떻게 잊을 수 있겠나. 첫날, 우 리는 주눅이 들어 집 한가운데까지 접근할 엄두는 못 내고 겨 우 부엌에 머무는 걸로 만족했어. 엄마는 마당의 레몬나무 옆 으로 커피를 가져다주었고 우리는 거기서 말없이 식사도 했 지. 알제에서 도망친 이래, 처음으로 어딘가에 정착하게 된 것 이었어. 두 번째 날 밤, 우리는 침실 한 군데로 진출했고, 떨리 는 손가락으로 그릇도 만져보았어. 다른 이웃들도 마찬가지 여서 다들 어딘가 문을 부수고 들어가서 집을 차지할 순 없 까, 눈독을 들이고 있었지. 결단이 필요한 시점이었고, 엄마는 어떡해야 하는지를 알고 있었어. 엄마는 내가 처음 들어보는 어떤 성인의 이름을 부르더니, 다른 아랍 여인 두 명을 불러다 커피를 대접하고는, 향로를 들고 방방을 다니며 향을 피우고, 옷장에서 옷 한 벌을 꺼내어 내게 건넸어. 그렇게 우리는 조국의 독립을 기념했지. 집과 옷과 커피 한 잔으로. 그러고 나서도 우리는 계속 긴장을 풀지 않았어. 주인이 돌아오거나 누가 와서 우리를 내쫓을까 봐 불안했던 거야. 우리는 거의 잠도 못 자고 경계 태세를 유지했지. 누가 됐든 믿을 수가 없었거든. 밤이면 간간이 숨죽인 외침, 후다닥 달려가는 소리, 헐떡임, 한마디로 온갖 종류의 불길한 소음들에 시달리곤 했어. 집들마다 문이 박살났고, 어느 날엔가는 그 지역에서 꽤 알려진 한 독립운동가가 가로등에 총을 쏘고 주변을 약탈했는데도 아무런 벌도 안 받더군.

미처 떠나지 못한 프랑스인들은 자기들을 보호해주겠다는 약속을 받았는데도 불안에 휩싸여 있었어. 어느 날 오후, 하주트 대로 한가운데 서 있는 위압적인 시청사 근처의 교회 출입문 앞에 프랑스인들이 모두 모였어. 과격한 지하 독립운동가 두 명이 프랑스인 두 명을 살해한 사건을 규탄하기 위해서였지. 범행을 저지른 둘은 바로 며칠 전에 독립운동단체에 가입한 신참들이었어. 그들은 약식 재판 뒤에 우두머리에게 처형당했지만, 그러고 나서도 폭력은 수그러들지 않았지. 그날 나

는 시내에 문 연 가게가 있나 찾으러 나갔다가 거기 모여 있
던 불안한 프랑스인들 틈에서 그를 보았어. 바로 그날 밤이었
는지, 다음 날이었는지, 아니면 며칠 후였는지는 모르겠지만,
아무튼 내게 희생된 그 남자 말이야. 그는 그때도 이미 죽던
날 입고 있던 그 셔츠를 입은 채로 동포들 사이에 숨은 채 아
무에게도 눈길을 주지 않고 있었어. 거기 모인 프랑스인들은
알제리 당국의 책임자가 와서 합당한 처분을 내려주기를 기
다리며, 도로가 끝나는 지점을 하염없이 지켜보고만 있었지.
우리 눈이 언뜻 마주친 순간, 그는 얼른 눈을 떨어뜨렸어. 그
도 나를 모르진 않았을 거야. 라르케 씨 집안 모임이 있을 때
그와 마주친 적이 있었으니까. 그는 친척인지 뭔지는 몰라도
라르케 씨 집에 자주 들락거렸거든. 그날 오후엔 하늘에서 크
고 무거운 태양이 쏟아내는 빛에 눈을 뜰 수가 없었고, 견디
기 힘든 열기에 정신도 혼미해질 지경이었지. 평소에 나는 하
주트 시내를 지날 때면 죄진 사람처럼 발걸음을 황급히 옮기
곤 했어. 조국을 해방시키고 뢰르소 같은 인간들을 모조리 몰
아내는 데 매진했던 지하운동조직에 나같은 청년이 가담하지
않았던 연유를 이해해줄 사람은 아무도 없었기 때문이지. 난
루미들의 무리 앞에서 뒤돌아섰어. 하늘에선 강철 같은 태양
이 선명한 빛을 쏘아대며 천천히 움직였지. 대지를 샅샅이 밝
히기 위해서라기보다는 도망치는 누군가를 쫓기 위해 그토록

맹렬히 빛을 쏘아대는 것 같았어. 나는 뒤를 한 번 힐끗 돌아봤어. 그 프랑스인이 꼼짝 않고 서서 자기 신발만 내려다보고 있는 게 눈에 들어왔지만, 곧 그의 존재를 잊어버리고 말았지. 우리 집은 마을의 끝, 들판이 시작되는 경계에 있었어. 엄마는 늘 그래 왔듯이 꼼짝 않고 있었어. 언제든 닥쳐올 수 있는 불행한 일들에 좀 더 잘 대처하기 위해서인 듯 목석같은 얼굴로 나를 기다리고 있었지. 밤이 되었고 우리도 잠이 들었어.

내 잠을 깨운 건 둔탁한 소리였어. 처음에는 멧돼지나 도둑인가 했지. 어둠 속에서 엄마 방문을 한 번 살짝 두드린 뒤 열어봤어. 어느새 일어나 침대에 앉아 있던 엄마가 고양이처럼 나를 노려보았어. 나는 숄에 싸 감춰뒀던 무기를 조심스레 꺼냈어. 그게 어디서 났냐고? 우연히 발견했지. 2주 전에 헛간 지붕에 감춰져 있던 걸 본 거야. 낡은 권총은 묵직한 게 꼭 쇠로 만든 개처럼 보였어. 콧구멍이 한 개밖에 없는 개. 총에선 고약한 냄새가 났어. 지금도 생생히 기억나. 그날 밤 총의 무게는 나를 땅으로 잡아끄는 대신 어렴풋한 과녁을 향해 이끌었지. 갑자기 집 안 전체가 낯설게 느껴졌지만, 그렇다고 해서 겁이 났던 것 같진 않아. 새벽 2시가 다 되어가고 있었고, 멀리서 개들이 짖는 소리가 대지와 불 꺼진 하늘 사이에 경계선을 그려주고 있었지. 소리는 헛간에서 들려왔고 무슨 냄새도 나는 것 같아서 나는 그 소리를 따라갔어. 엄마도 내 뒤에 바짝 붙어서 따라왔지. 엄마가 내 목에다가 밧줄을 두른 것 같은 느낌이었어. 다른 때보다도 훨씬 더 갑갑하게 조여오더군. 헛간에 이르러서 어둠 속을 두리번거리며 살피는데, 시커먼 어둠 속에서 갑자기 두 눈이 번득였고, 그다음엔 셔츠가 보였고, 점차 얼굴 윤곽이 드러나더니, 마침내 찡그린 표정까지 보였어. 그가 거기 있었어. 두 이야기들과 몇몇 벽들 사이에 낀 채로. 유일한 출구로는 그에게 어떤 기회도 남겨주지 않을 내 이야기밖에 없었지. 남자는 숨을 가쁘게 쉬었어. 그의 눈길, 그의 두 눈이 생각나는군. 사실 그는 나를 똑바로 쳐다보지도 못했어. 내 주먹에 들려 있는 묵직한 무기에 최면이라도 걸린 듯했지. 그는 너무 겁에 질린 나머지 나를 원망한다거나 자신의 죽음에 대해 나를 비난할 겨를도 없었던 것 같아. 그가 움직였다면 나는 그를 두들겨 패서 땅바닥에 쓰러뜨렸겠지. 그는 밤에 얼굴을 맞댄 채로 엎드려 있었을 테고, 그의 머리 주변 바닥엔 거품이 일었을 거야. 그러나 그는 움직이지 않았어. 적어도 처음엔. '내가 뒤돌아서기만 하면 다 끝나는 일이다.' 난 한순간도 그렇게 생각하지 않으면서도 그렇게 믿는 척했어. 그러나 엄마는 계속 뒤에 버티고 서서 내가 빠져나갈 생각 같은 건 하지도 못하도록 막은 채 자신의 손으로는 감행할 수 없는 것, 다시 말해 복수를 강요했지.

엄마와 나는 아무 말도 하지 않았어. 둘 다 갑자기 일종의 광기 속으로 끌려들어간 거야. 어쩌면 동시에 무싸를 떠올렸는지도 몰라. 무싸와 끝장낼 기회, 그를 제대로 묻어줄 기회가 온 것이었지. 우린 형이 죽으면서부터 우리 삶을 코미디로, 또는 별로 심각할 것도 없는 유예 정도로 여겼던 것 같아. 그러면서 우리가 어딜 가든 함께 이고 다니던 장소, 즉 범행 장소로 그 루미가 제 발로 돌아오기를 기다리며 연극을 하고 있었던 것 같기도 해. 나는 몇 걸음 앞으로 나아갔어. 내 몸이 거부하며 뒤로 물러서려 하더군. 나는 그 저항에 대항하듯 한 걸음 더 나아갔지. 그러자 프랑스인은 어둠 속에서 꿈틀대면서—아니 어쩌면 그러지 않았는지도 몰라—헛간의 후미진 구석으로 몸을 숨겼어. 내 눈앞에 보이는 건 어둠뿐이었어. 물건 하나하나, 모서리 하나하나, 그리고 모든 곡선까지도 윤곽이 어찌나 혼란스럽던지, 내 이성을 모욕하는 것만 같았어. 그가 뒤로 물러나면서 어둠이 그의 몸을 삼켜버리자, 이제 그의 셔츠 외에는 아무것도 안 보이더군. 그 셔츠를 보자 아침에 봤던—아니, 그 전날인지 어쩐지도 모르겠군—그의 공허한 눈길이 떠올랐지.

그건 해방의 문을 두 번 짧게 두드린 것과도 같았어. 적어도 내가 느낀 바로는 그래. 그런 다음에는? 내가 마당까지 끌고 나온 시체를 우리 둘이서 묻었지. 죽은 자를 묻는다는 게 책이나 영화에서 보는 것처럼 그렇게 쉬운 일은 아니었어. 시체는 살아 있는 사람보다 무게가 두 배는 더 나가는 데다 손을 내밀어도 거부한 채 엄청난 무게로 지구의 살갗에 들러붙으려 했거든. 프랑스 남자는 무거웠고 우리에겐 시간이 없었지. 그를 끌고 1미터쯤 갔을 때 피로 붉게 얼룩진 그의 셔츠가 찢어졌어. 셔츠 조각이 내 손에 들려 있었지. 나는 엄마에게 두세 마디 속삭였지만, 엄마는 정신이 다른 데 가 있었어. 어느새 세상에 대한 관심을 다 거두어들인 엄마는 오래된 무대장치를 내게 떠넘겨버렸던 거야. 나는 삽과 곡괭이를 들고 그 장면의 유일한 증인인 레몬나무 바로 옆에 구덩이를 깊게 팠어. 한여름이었는데도 희한하게 한기가 느껴지더군. 후끈한 밤이, 사랑을 너무 오래 기다린 여인처럼 관능적이었는데도 말이야. 나는 파고, 파고, 또 팠어. 절대로 멈추거나 머리를 드는 법도 없이. 엄마는 땅바닥에 떨어져 있던 셔츠 조각을 갑자기 집어 들고는 한참 동안 냄새를 맡았어. 그게 엄마에게 시력을 되찾아준 걸까? 엄마의 눈길이 놀란 듯 내게서 멈추더군.

그 뒤에는 어땠냐고? 아무 일도 일어나지 않았어. 밤—몇 시간 동안 별들 속에 빠져 있던 나무들, 사라진 태양의 마지막 흔적인 창백한 달, 시간이 스며들어오지 못하도록 막아놓은 우리 작은 집의 문, 우리의 유일한 증인인 어둠—이 조금씩 혼란을 거둬가고 사물들이 다시 윤곽을 되찾는 동안 내 몸은 비로소 결말의 순간을 알아챌 수 있었어. 나는 거의 동물적

인 희열을 느끼며 전율했지. 마당의 땅바닥에 누워 눈을 감으
니 밤은 완전히 새까매졌어. 눈을 다시 떴을 땐 하늘에 더 많
은 별들이 보였던 게 기억나. 난 더 큰 꿈, 더 엄청난 부정(否定)
에 빠져들게 됐다는 걸 깨달았지. 나처럼 언제나 눈을 감은 채
아무것도 보지 않으려 드는 또 다른 존재에 대한 부정 말일세.

9

내가 이 얘기를 하는 건 내 죄를 미주알고주알 털어놓음으로써 용서를 받거나 양심의 가책 같은 것에서 벗어나기 위해서가 아니야. 아니고말고! 내가 살인을 저질렀던 당시만 해도 이 나라에선 신이라는 존재가 지금처럼 무게감 있지도 않았고, 어쨌거나 난 지옥을 두려워하지도 않았거든. 다만 자꾸만 피로감 같은 걸 느끼고, 자고만 싶고, 또 가끔씩은 견딜 수 없이 어지럽기도 하다네.

살인을 저지르고 난 다음 날, 모든 건 그대로였어. 여느 때처럼 곤충들이 귀청이 떨어지도록 요란하게 울어댔고, 한여름의 태양은 대지의 배 속에 똑바로 단단하게 자리 잡은 채 변함없이 불타고 있었지. 내게 달라진 게 있다면, 아마도 그건 내가 전에 이미 말해준 적 있는 그 감정뿐이었을 거야. 범행을 저지르던 순간, 나는 어디에선가 나를 향해 문이 꽝 닫히는 것 같은 느낌을 받았거든. 거기서 끌어낸 결론은 내가 이미 유죄 선고를 받았다는 거였어. 따라서 내겐 판사도, 신도, 재판이라는 가면무도회도 필요가 없다는 것이었지. 단지 나 자신이 필요했을 뿐이야.

나도 재판을 한 번 받아보고 싶어! 장담할 수 있는데, 난 뫼르소와는 반대로 해방된 자의 열정으로 재판 과정을 겪어낼 거라는 거지. 재판정 안에는 사람들이 가득 차 있어. 그 넓은 방 안에서, 이젠 아무 말도 하지 못하게 된 엄마는 명확한 언어를 구사하지 못하는 탓에 나를 변호할 수도 없는 신세가 되어, 뭐가 어떻게 돌아가는 건지 아무것도 모르는 채 넋이 나간 얼굴로 의자에 앉아 있겠지. 방구석에는 할 일 없는 기자들 몇 명, 무싸 형의 친구 라르비, 그리고 특별히 미리엄도 와 있을 거야. 미리엄의 머리 위에선 그녀의 책 수천 권이 나비들처럼 날아오르고 있어. 그 나비들에는 일일이 번호가 붙어 있고. 그런 가운데 검사 역할을 하는 뫼르소는 내게 성명과 가족관계를 물을 거야. 묘한 재연이지. 거기엔 또 내가 죽인 남자 조제프, 《코란》을 지긋지긋하게 외어대는 옆집 남자도 있어. 그 남자는 감방으로 날 찾아와 신은 용서할 줄 아신다고 설득할 거야. 괴상한 장면 아닌가. 죄가 있어야 용서를 하든 말든

하지. 내게 무슨 죄를 물을 수 있겠나? 죽어서까지도 엄마를 모셨고, 엄마를 희망 속에 살게 하느라 엄마의 눈 밑에서 산 채로 매장당한 나를 말이야. 그럼 사람들은 뭐라고 할까? 내가 조제프를 죽이고서도 울지 않았다고? 그의 몸에 총 두 발을 쏘고 나서 영화 구경을 갔다고? 아니, 당시 우리에게는 영화관이라는 건 있지도 않았고, 죽은 자들도 너무 많아 일일이 애도하지도 않았고, 단지 번호와 증인 두 명씩을 할당했을 뿐인걸. 난 재판정과 판사를 간절히 찾아다녔지만 허망하게도 발견할 수가 없었다네.

따지고 보면, 나는 뫼르소보다 더 비극적으로 살았던 거야. 나는 여러 역할을 하나하나 차례로 연기했지. 어떤 땐 무싸, 어떤 땐 이방인, 어떤 땐 판사, 어떤 땐 병든 개를 데리고 다니는 남자, 교활한 레몽, 심지어 살인자를 놀리며 도도하게 피리를 부는 남자 역할까지 했다네. 그건 결국 나 혼자서 연기한 모노드라마였어. 화려한 원맨쇼. 이 나라 곳곳엔 외국인 묘지들이 있는데 평온해 보이는 풀밭은 겉모습일 뿐이지. 그곳에 묻힌 망자들은 다들 다시 살아날 수 없을까 해서 서로를 밀치며 떠들어대거든. 세상의 종말과 심판의 시작 사이에 낀 채로. 너무 많이 죽었어! 죽은 자들이 많아도 정말 너무 많아! 아니, 난 안 취했어. 내가 재판을 꿈꾸고 있다는 얘길 하고 있었잖아. 문제는 이미 모두가 죽어버렸기 때문에, 나는 살인을 할 수 있는 마지막 사람이었다는 거야. 이건 인류의 시초가 아니라 인류의 종말에 일어난 카인과 아벨의 이야기지. 이제 좀 이해가 가지, 그치? 이건 흔해 빠진 용서나 복수의 이야기가 아니라고. 이건 저주야. 함정이지.

내가 바라는 건 잊지 않고 기억하는 거야. 할 수만 있다면 시간을 되돌려서 1942년 여름의 그날로 돌아가, 이 나라의 모든 아랍인에게 그 두 시간 동안은 해변에 접근하지 말라고 명령하고 싶어. 너무도 그러고 싶어. 아니면 재판을 받아보고도 싶어. 그래, 법정이 열기에 짓눌려 어쩔 줄 모르는 걸 지켜보고 싶어. 감방에 갇힌 내 몸뚱이의 헐떡임과 절대적 존재 사이에서 환각을 느끼며, 내 근육과 사고를 통해 벽들과 감금에 저항하며. 난 엄마를 원망해. 엄마가 원망스러워. 사실 이 죄를 저지른 건 엄마거든. 엄마는 내 손을 잡고 있었고, 무싸는 엄마 손을 잡고 있었고, 그런 식으로 아벨 또는 그의 형제에까지 이르게 된 거라고. 지금 철학 하고 있느냐고? 맞아, 맞아. 뫼르소가 제대로 간파했던 게 하나 있어. 살인이야말로 철학자가 스스로에게 던져야 하는 단 하나의 훌륭한 질문이라는 거지. 나머지는 다 헛소리고. 그렇거나 말거나, 난 그저 이렇게 바에 죽치고 앉아 있는 영감탱이일 뿐이라네. 오늘 하루도 끝나가는군. 별들이 하나하나 모습을 드러내고, 어느새 밤하늘은 끝을 모르게 깊어졌어. 난 이런 규칙적인 결말이 좋아. 밤은 대지를 하늘로 끌어올려 밤의 무한함에 못지않은 무한함을 대지에게도 부여하지. 난 한밤중에 사람을 죽였으니 광대한 밤도 나의 공모자라네.

아! 내 프랑스어 실력에 놀랐나 보군. 어디서 어떻게 배웠냐고? 학교에서도 배웠고, 혼자서도 공부했고, 미리엄에게서도 배웠지. 특히 미리엄은 뫼르소의 언어를 제대로 터득할 수 있도록 도와주었다네. 미리엄 덕분에 난 자네가 가방에 신주단지처럼 모시고 다니는 그 책을 알게 되었고, 그걸 읽고 또 읽고 할 수 있었지. 그렇게 해서 프랑스어는 예리하고 빈틈없는 수사(搜査)의 도구가 된 걸세. 우리는 범죄 현장을 돋보기로 훑듯 조사했지. 내 혀와 미리엄의 입을 통해 우리는 수백 권의 책을 탐독했네! 책을 읽다 보면 내가 정말로 살인범이 살던 곳을 찾아간 것만 같았어. 허무 속으로 도망치려 드는 그의 옷자락을 붙들고, 그의 몸을 돌려 내 얼굴을 들여다보게 하고, 나를 알아보고, 내게 말하고, 내게 대답하고, 나를 진지하게 대하도록 만드는 것 같은 기분이었지. 내가 알제 바닷가에서 죽었다고 온 세상에다 대고 떠들어댔던 그가 내가 부활한 걸 보면 얼마나 기겁하겠나 싶으면서!

그런데도 왜 내가 자꾸만 살인 얘기로 되돌아오게 되느냐하면, 여기 이 허름한 바에서 나 스스로 벌이는 재판 말고는 다른 재판을 받아볼 수가 없기 때문이야. 자네는 좀 어리긴 하지만 그래도 판사, 검사, 방청객, 기자 역할을 다 해줄 수 있을 것 같거든……. 살인을 저지르고 났을 때 내게 가장 아쉬웠던 건 순수함을 잃은 게 아니라 그때까지 내 삶과 범죄 사이에 그어져 있던 경계가 사라졌다는 것이었어. 그 후에도 그 경계선은 다시 긋기가 힘들었지. 살인을 저지르는 순간 타인이라는 기준도 없어지거든. 그 후로 나는 자주 알 수 없는 유혹을 느꼈어. 그건 신의 차원에서나 가질 법한 욕구인데, 모든 걸 살인에 의해 해결하고자 하는―적어도 내 꿈속에서만큼은―것이었지. 내 희생자의 목록은 길었어. 우선 자칭 무자히드(성스러운 이슬람 전사를 뜻하는 아랍어) 출신이라는 우리 이웃들 중 한 명에서부터 시작됐지. 그자가 악당에다 사기꾼이라는 건 모르는 사람이 없었거든. 그는 진짜 무자히딘(무자히드의 복수형. 보통 이슬람 국가의 반정부 단체나 무장 게릴라 조직이 스스로를 지칭하는 말로 쓰인다)의 기금을 자기가 사적으로 썼다고. 그다음엔 불면증에 걸린 개 차례였지. 야윈 데다 눈은 꼭 미친 것 같은 그 갈색 개는 내가 사는 도시에 똥을 흘리고 다녔거든. 그리고 또 외삼촌이 있어. 그는 매년 라마단이 끝나고 이드 축제 때만 돌아오면 우릴 찾아와 예전에 진 빚을 갚겠다고 약속했지만, 한 번도 그러지 않았어. 그리고 마지막으로 하주트의 시장. 그는 내가 다른 사람들처럼 독립투사의 길을 걷지 않았다고 해서 나를 무능한 사람으로 취급했지. 조제프를 죽이고 그를 우물에 내던진 이후로—이건 그냥 관용적 표현일 뿐이야. 실은 땅에다 묻었지—이런 생각은 어느새 익숙한 것이 되었어. 총탄 몇 발이면 다 해결될 텐데, 뭐 때문에 적대감, 부당함 또는 적의 증오까지 참아야 한단 말인가? 벌받지 않은 살인자에게는 게으름의 취향 같은 것이 자리 잡는다네. 또 불치병 같은 것도 생기지. 어떤 병이냐 하면, 범죄는 사랑, 그리고 사랑할 수 있는 가능성을 영원히 손상시킨다는 거야. 난 사람을 하나 죽였고, 그때 이후로 내 눈에 삶은 더는 거룩해 보이지 않더라고. 그때부터 내가 만났던 여인의 몸은 관능을, 다시 말해 절대에 대한 환상을 불러일으킬 가능성을 금세 잃고 말았어. 욕망이 솟구칠 때마다 삶에 확실한 게 뭐가 있었던가 하는 회의도 함께 들었지. 난 욕망을 너무 쉽게 없애버릴 수 있었기 때문에 욕망을 찬탄할 수도 없었어—그건 나 자신을 속이는 것일 테니까. 나는 단 한 사람을 죽임으로써 인류의 몸 전체를 차갑게 식혀버렸던 거야. 《코란》에서 유일하게 내 맘을 끄는 구절이 바로 이거라네. "한 영혼을 죽이는 것은 인류 전체를 죽이는 것과 같은 것이다."

있잖아, 오늘 아침에 말이야. 오래전 신문에 난 기막힌 기사 하나를 읽었다네. 사두 아마르 바라티라는 사람의 사연이었어. 자네는 들어본 적 없는 사람일 거야. 그는 인도 사람인데 38년 동안 오른팔을 공중에 쳐들고 있었다는군. 그 바람에 그의 팔은 그야말로 피골이 상접하게 되어버렸지. 아마 죽는 날까지 그렇게 굳은 상태로 있을 거야. 사실 따지고 보면, 우리도 다 그와 다를 게 없는 건지도 몰라. 어떤 이에게는 사랑한 사람의 몸이 남겨놓고 간 빈자리를 움켜쥐고 있는 두 팔일 수도 있고, 또 어떤 사람에게는 이미 늙어버린 자식을 붙들고 있는 손이거나, 들어올리긴 했지만 결코 문턱을 넘지는 못하는 다리일 수도, 또 결코 어떤 말을 하지 못해 꼭 다문 입일 수도 있지. 오늘 아침엔 이런저런 생각들로 재미있었지. 그 인도 사람은 왜 팔을 한 번도 내리지 않았을까? 기사에 따르면, 그는 중산층에 속해 있는 사람으로 직업, 집, 아내 거기다 세 아이까지 있었고, 정상적이고 평온한 삶을 살았다는 거야. 하루는 신에게서 계시를 받았다는군. 오른팔을 그렇게 든 채로 세상에 평화를 설파하며 쉬지 말고 이곳저곳 돌아다니라고. 38년이 흐른 뒤 그의 팔은 굳어버렸어. 난 이 괴상한 이야기가 맘에 들어. 내가 자네에게 들려주고 있는 얘기와도 비슷한 데가 있지 않나. 내 팔에 관한 얘기 말이야. 해변에서 총알이 발사된 지 반세기도 더 지난 지금까지도 내 팔은 이렇게 들려진 채 내려뜨릴 수가 없다네. 주름진 팔은 세월의 흐름 속에 상해버렸지―죽은 뼈 위를 마른 피부가 덮고 있는 꼴이야. 내 존재 전체가 그런 것 같네. 근육도 없으면서 긴장되고 고통스러운 게 말이야. 왜냐하면 그 자세를 취하고 있다는 건 단지 사지 중 하나를 못 쓴다는 것뿐 아니라 끔찍하고 날카로운 고통을 견딘다는 걸 의미하기 때문이지—물론 지금은 그 고통마저도 없어졌지만. 잘 들어보게. "전에는 고통스러웠지만 이제는 습관이 되었다." 인도 사람이 한 말이야. 기자는 고행자를 아주 자세히 묘사하고 있어. 그의 팔은 모든 감각을 잃었어. 거의 수직에 가까운 자세를 취하고 있던 끝에 결국 쇠약해졌고, 긴 손톱은 둥글게 휘었지. 처음엔 이 이야기가 우습다고 느꼈지만, 지금은 심각하게 받아들이게 되는군. 이건 진짜 이야기야. 나도 경험해봤지. 엄마의 몸이 똑같은 자세 속에서 어찌 해볼 수 없이 빳빳하게 굳어가는 걸 봤거든. 엄마의 몸이 중력을 거부하는 남자의 팔처럼 말라가는 걸 봤다고. 엄마는 조각상이야. 아무것도 안 할 때면 땅바닥 위에 앉아서 존재 이유가 사라진 것처럼 꼼짝 않고 있는 걸 봤지. 그래! 몇 년 후에 나는 엄마가 얼마나 대단한 인내심으로 견뎌왔는지를 알게 됐어. 그리고 엄마가 어떻게 아랍인을—다시 말해 나를—부추겨 권총을 집어 들고 루미 조제프를 처형하고 그를 묻어버리는 장면까지 연출하게 만들었는지를.

이제 그만 집에 가세. 고백하고 나면 잠이 잘 오는 법이지.

10

범행을 저지르고 난 다음 날 세상은 온통 평온했어. 나는 무덤을 파느라 지친 탓에 마당에서 졸았지. 나를 깨운 건 커피 향이었어. 엄마가 노래를 흥얼거리고 있더라고! 그 기억은 너무도 생생해. 작은 목소리였지만 엄마가 노래 부르는 걸 본 건 그때가 처음이었으니까. 세상의 첫날은 결코 잊을 수 없는 법이지. 레몬나무는 아무것도 못 본 척 시침을 떼고 있더군. 나는 그날 하루는 바깥에 안 나가기로 마음먹었어. 엄마가 내 곁에 달라붙어 상냥하게 배려해주는 모습은 꼭 돌아온 탕아를 맞아주는 것 같았지. 아니면 오랜만에 돌아온 여행자라든가, 바다에 빠졌다 살아 돌아와 물에 젖은 채로 미소 짓고 있는 친척에게나 합당할 그런 것이었어. 엄마는 무싸의 귀환을

축하했던 거야. 그래서 나는 엄마가 내게 커피 잔을 건넸을 때 몸을 돌려버렸고, 엄마의 손이 내 머리카락을 스친 순간에는 그 손을 밀어내려고까지 했다네. 엄마를 밀어내던 그 순간 나는 앞으로도 다른 몸이 내게 가까이 있는 걸 견디지 못하리라는 것을 깨닫게 됐지. 과장이라고? 진정한 살인은 분명한 확신을 새로이 주는 법이라네. 뫼르소가 감방에 있던 시기에 대해 쓴 글을 읽어보게. 나는 그 대목을 자주 되풀이해서 읽어보거든. 그건 태양이니 소금이니 하며 떠들어대는 그의 장광설 중에서 가장 흥미로운 것이야. 뫼르소가 중요한 질문들을 가장 잘 던진 건 바로 감방 안에서였다고.

그날 하늘이 맑았는지 어땠는지, 그런 건 그때 나에겐 아무 상관도 없는 일이었지. 나는 내 방으로 들어가 다시 몇 시간을 또 잤어. 한낮이 되었을 때 누군가의 손이 깨우더군. 물론 엄마였지, 다른 누구였겠나. "사람들이 널 찾아왔었어." 엄마가 말했지. 엄마는 걱정하는 기색도 당황한 기색도 아니었어. 설마 자기 아들을 두 번씩이나 죽이기야 하겠나, 하는 배짱 아니었을까. 그 심정은 충분히 이해가 되더군. 어쨌든 무싸의 이야기가 정말로 끝나기 위해선 치러야 할 부수적인 의식이 아직까지 남아 있었던 거야. 오후 2시가 조금 지난 때였던 것 같아. 나는 마당으로 나와 봤어. 빈 찻잔이 둘 놓여 있었고, 다져진 땅바닥 위로 담배꽁초들과 발자국들이 보이더군. 엄마가 설명해줬어. 간밤에 울린 총소리 때문에 주누드에 비상이 걸렸다고. 동네 사람들 몇몇이 우리 집을 지목하는 바람에 군인 두명이 우리 얘기를 듣고자 온 거였어. 그들은 눈으로 대충 마당을 훑어보고, 커피를 받아 마시고, 엄마에게 어떻게 살고 있는지, 집안 살림은 어떻게 꾸려가고 있는지를 물었대. 그다음은 어떻게 되었을지 짐작이 가지 않나. 엄마가 또 단골 레퍼토리를 늘어놨을 게 뻔하잖아. 엄마의 무싸 얘기가 얼마나 심금을 울렸던지, 그들도 결국 엄마의 이마에 입까지 맞춰주며 위로를 해주더래. 매년 여름, 정확히 오후 2시에 엄마의 아들도 프랑스인에게 살해된 다른 수백만 명의 동지들과 함께 확실하게 복수를 할 거라면서. "프랑스인 한 명이 간밤에 사라졌어요." 그들이 떠나기 전에 엄마에게 말했대. "아드님한테 시청으로 좀 오라고 해주세요. 대령님이 조사를 좀 하고 돌려보낼 거예요. 몇 가지 기본적인 것만 물어보고 말 거예요." 엄마는 여기까지 얘기하고는 말을 멈춘 채 나를 뚫어지게 쳐다봤어. "너 어떡할 거냐?" 엄마의 작은 눈이 이렇게 묻고 있는 것 같았지. 엄마는 작은 목소리로, 범행에 사용한 무기에 묻은 핏자국은 자기가 다 지웠다고 말했어. 레몬나무 옆에는 커다란 소똥 덩어리들도 갖다놨고. 간밤의 사건에서 남아 있는 건 아무것도 없었어. 땀도, 먼지도, 메아리도 흔적을 남기지 않았지. 프랑스인의 존재가 아주 말끔히 지워졌던 거야. 20년 전 바닷가에서 아랍인의 존재가 지워진 것과 똑같이. 조제프는 프랑스인이었고, 그 당시 프랑스인들은 우리나라 도처에서 그런 식으로 죽었다고 내가 말해줬지. 아랍인들이 죽었던 것과 똑같이 말이야. 7년 동안의 해방 전쟁이 뫼르소의 해안을 전쟁터로 바꾸어놓았던 거지.

내 입장에서는 이 땅의 새로운 권력자들이 내게 진정으로 원하는 게 뭔지 알고 있었어. 설사 내가 프랑스인의 시체를 등에 지고 나타난다 해도, 내 죄는 눈에 보이는 것 자체가 아니라 직관으로 느껴지는 그런 죄였어. 즉 나의 괴상함이 문제였던 거지. 이미 나는 그날 당장 시청에 가지는 않겠다고 마음먹고 있었어. 왜냐고? 용기가 있어서도, 앞뒤를 재서도 아니었고, 단지 나를 사로잡았던 무기력함 때문이었지. 오후가 되자 하늘이 기막히게 청명해지더군. 그 날짜를 기억하듯, 그 하늘도 내 기억 속에 뚜렷이 박혀 있다네. 몸이 가뿐해지는 게 느껴졌어. 가슴을 짓누르고 있던 부담감을 상쇄시키려는 듯이. 또 마음도 편안해지면서 푹 늘어져 쉬고만 싶었지. 무싸 무덤과 조제프 무덤 사이, 양쪽에서 똑같은 거리에 있게 된 것 같은 기분이었어. 왜 그랬는지는 자네도 이해가 갈 거야. 개미한 마리가 내 손 위를 기어 다니고 있는 게 보이더군. 그러자 갑자기 나 자신의 삶, 내 삶의 증거, 내 삶의 온도가 새삼 의식되면서 정신이 혼란스러워졌어. 바로 2미터 앞, 레몬나무 아래에 묻혀 있는 죽음의 증거와 너무도 대조를 이룬다는 생각이 들었던 거지. 엄마는 자기가 왜 사람을 죽였는지를 알고 있었고, 그걸 아는 사람은 오로지 엄마뿐이었지! 나도, 무싸도, 조제프도 엄마의 확신에 영향을 받지 않았어. 나는 눈을 들어 엄마를 올려다봤어. 엄마는 땅 위로 몸을 굽힌 채 죽은 식구들 또는 지금은 머릿속에만 남아 있는 옛 이웃들과 얘기를 나누면서 비질을 하고 있더군. 아주 짧은 순간이었지만 난 엄마에게 연민을 느꼈어. 나는 두 팔의 무기력함조차도 짜릿한 환희로 느끼면서, 마당 벽 위를 미끄러져 가는 그림자들을 눈으로 좇았어. 그러고는 다시 잠이 들어버렸지.

결국 나는 거의 사흘 밤낮을 계속해서 잠만 잤다네. 어쩌다 깨는 순간에도 내 이름조차 제대로 기억나지 않더군. 나는 침대 위에서 꼼짝 않고 가만히 있었어. 아무런 생각도, 계획도 없이. 몸은 새로 태어난 듯 상쾌했지. 엄마는 그냥 참기로 했는지 날 가만 내버려두었어. 그때를 떠올릴 때마다 난 내가 그렇게 오랫동안 잠만 잤다는 게 이상하게 보여. 바깥에선 나라 전체가 해방의 환희로 난리였는데 말이야. 수천 명의 뫼르소들이 사방으로 달리고 있었고 아랍인들도 마찬가지였어. 그러나 내게는 그 모든 게 아무런 의미가 없었어. 여러 주, 여러 달이 흐른 뒤에야 비로소 파괴와 희열이 어느 정도로 대단했는지를 조금씩 깨닫게 됐지.

아, 자네도 알겠지만, 난 책을 써보겠다는 생각 같은 건 한 번도 해본 적이 없거든. 그런데 한 번쯤 저질러보고 싶기도 하다네. 딱 한 권만! 착각하지는 마. 뫼르소 사건을 재수사하려는 건 아니니까. 난 좀 더 내밀한, 다른 종류의 책을 쓰고 싶어. 소화에 관한 논문. 바로 그거야! 향기와 형이상학을, 숟갈과 신성함을, 민중과 배를, 한마디로 날것과 익은 것을 섞어놓은 일종의 요리책 같은 거지. 최근에 누구한테 들었는데, 이 나라에서 가장 잘 팔리는 책은 요리책이라더군. 왜 그런지 알 것도 같아. 엄마와 내가 우리 드라마에서 깨어나 비틀거리다가 마침내 평온을 되찾는 동안 이 나라의 나머지 사람들은 입이 터지도록 먹고 있었다네. 땅과 남은 하늘과 집들과 기둥들과 새들과 저항하지 못하는 온갖 종류의 동물들까지 다 먹어치웠지. 내 동포들은 손으로만 먹는 게 아니라 나머지 기관들도 다 써가며 먹는다는 느낌이 들더군. 눈, 발, 혀, 그리고 피부까지 동원해서 말이야. 빵, 갖가지 종류의 설탕, 멀리서부터 들어온 고기, 가금류, 그리고 온갖 종류의 풀들까지 모든 게 다 먹히지. 그러나 그런 건 결국 질리게만 할 뿐이지 충족감을 주진 못했어. 내 나라 사람들은 심연에 대적하기 위해 좀 더 큰 뭔가를 필요로 하는 것 같아. 엄마는 그걸 '끝이 없는 뱀'이라고 부르지. 그러다 보니 다들 너무 일찍 죽어버리거나, 아니면 지구 끝까지 밀려가 허공으로 떨어져버릴 것 같다는 생각도 들어. 이 도시와 우리 주변에 있는 사람들을 잘 살펴보면 자네도 이해가 갈 거야. 몇 년 전부터 모든 게 먹히고 있어. 회벽, 바닷가에 굴러다니는 반질반질하고 둥근 돌들, 그리고 기둥의 잔해들. 세월이 흐르면서 야수는 점점 더 막무가내가 되어 보도에 깔린 돌조각들까지도 먹어치운다네. 야수는 가끔씩 사막에까지 접근하지. 사막이 살아남은 건 맛이 없기 때문일 거야. 동물들도 몇 년 전부터는 아예 사라져 단지 책 속의 그림으로만 남아 있지. 이 나라에는 더는 숲이 남아 있지 않아. 아무것도 없어. 미나레트와 교회 꼭대기에서 흔히 보이던 커다란 황새 둥지들도 사라져버렸다네. 내가 사춘기 때 그걸 얼마나 동경했었는데. 건물의 층계참, 빈 숙소, 벽, 식민자들의 오래된 와인 저장고, 황폐해진 건물들을 봤나? 그게 다 먹을거리라고. 내가 또 헛소리를 하고 있군. 세상의 첫날에 관해 말한다면서 마지막 날 얘기를 하고 있는 것 좀 봐…….

우리가 무슨 얘길 하고 있었지? 아 그래, 범행 다음 날 얘기였지. 결국 난 아무 짓도 안 했어. 아까 말했듯이, 사람들이 모처럼 되찾은 땅을 게걸스레 먹고 있는 동안 나는 잠만 잤던 거야. 그건 이름도 언어도 없는 날들이었지. 나는 사람들이며 나무들이며, 대상들을 뜻밖의 각도에서 새롭게 볼 수 있었어. 그것들에 이름을 붙이기 이전의 상태로, 원초적 감각으로 되돌아가 다르게 보았던 거야. 뫼르소의 재능을 나도 잠시 경험해봤던 거지. 즉 날마다 쓰는 일상 언어를 찢고, 왕국의 이면으로 들어가는 거야. 거기선 더 황당한 언어가 세상을 다르게 이야기하지. 그거야! 뫼르소가 내 형의 살인을 너무도 잘 이야기한 건, 그가 미지의 언어라는 영토에 다다랐기 때문이지. 그 언어는 대상을 포착하는 데는 더욱 강렬하고, 단어라는 돌을 다듬는 데는 가차 없고 유클리드 기하학처럼 명징하지. 결국 그게 위대한 문체라는 생각이 들어. 삶의 마지막 순간에 요구되는 엄격한 정확성을 갖추고 얘기하는 것 말이야. 죽어가는 사람과 그가 내뱉는 말을 상상해보게. 뫼르소의 재능은 바로 세상을 마치 매 순간 죽어가는 것처럼 묘사하는 것, 숨을 아껴 쉬듯이 단어들을 골라 쓰며 묘사하는 것이야. 그거야말로 고행 아니겠나.

닷새 후, 나는 우리 지역의 새 지도자들이 내린 소환 명령에 따라 하주트 시청으로 출두했지. 체포된 뒤에는 이미 여러 사람이 들어와 있던 방에 내던져졌어. 아랍인은 몇 명뿐이었고(혁명에 가담하지 않았거나 혁명을 치르고도 죽지 않았던 사람들), 대부분은 프랑스인들이었지. 아는 사람은커녕 한 번이라도 본 적 있는 사람조차 없더군. 한 사람이 내게 무슨 죄를 저질렀느냐고 프랑스어로 물었어. 프랑스인을 죽여서 잡혀왔다고 했더니 다들 입을 다물더군. 밤이 됐어. 빈대 때문에 밤새도록 잠을 이룰 수 없었지만 어느 정도 익숙해졌지. 천창을 통해 들어오는 햇빛에 잠에서 깼어. 복도에서 걸어 다니는 소리, 명령하는 소리들이 들려왔어. 커피도 한 잔 안 주더군. 기다리고만 있었지. 프랑스인들은 아랍인들을 뚫어져라 쳐다보았어. 아랍인들도 마찬가지로 그들을 쳐다봤고. 주누드 두 명이 와서 턱으로 나를 가리키자, 간수가 내 목을 잡고 밖으로 내보냈어. 나는 지프를 타고 갔어. 독방에 가두기 위해 헌병대로 옮기는 거로구나, 짐작했지. 알제리 국기가 바람에 휘날리고 있었어. 가는 길에, 하이크를 쓰고 갓길에 서 있는 엄마를 보았어. 엄마는 멈춰 서서 호송 행렬이 지나가는 걸 바라보았어. 나는 가볍게 미소를 지었지만 엄마는 돌처럼 굳어 있었어. 엄마는 나를 눈길로 좇다가 걷기 시작했어. 나는 감방으로 들어갔지. 변기와 쇠로 된 대야 하나가 있었어. 감옥은 마을 한가운데 있었고, 작은 창을 통해 편백나무가 보였는데, 나무 밑동에는 석회가 칠해져 있었지. 간수가 들어오더니 면회가 있다고 했어. 엄마이겠거니 했는데, 과연 그랬어.

나는 말없는 간수를 따라 한없이 긴 복도를 걸어간 끝에 작은 방 하나에 이르렀어. 주누드 두 명이 있었는데 우리에게는 관심이 없었지. 그들은 피곤하고 지치고 긴장한 모습이었지만, 눈매는 다소 사납더군. 여러 해 동안 레지스탕스 활동을 하면서 보이지 않는 적을 찾던 습성이 몸에 밴 것 같았어. 나는 엄마 쪽으로 몸을 돌렸어. 엄마 얼굴은 굳어 있었지만 평온했어. 나무의자 위에 꼿꼿이 품위 있게 앉아 있었지. 우리가 있던 방에는 문이 둘 있었어. 내가 들어온 문, 그리고 또 다른 복도를 향해 나 있는 문. 거기서 나는 왜소한 두 노파를 보았어. 프랑스인들이었지. 온통 검은색으로만 입고 있던 첫 번째 할머니는 입술을 꼭 다물고 있었어. 두 번째 할머니는 머리가 덥수룩한 뚱뚱한 할머니였는데 무척 긴장한 것 같았어. 또 다른 방에선 책상, 펼쳐진 서류들, 바닥에 떨어져 있는 종이들, 그리고 깨진 유리창이 보였어. 방 분위기가 좀 지나치다 싶으리만큼 조용했던지라 난 말문이 막혔지. 무슨 말을 해야 할지 알 수가 없었어. 나는 원래부터도 엄마한테 거의 말을 안 하는 편이었는데, 그토록 가까이에서 그렇게 많은 사람이 우리 입만 쳐다보고 있으니 얼마나 거북했겠나. 우리에게 유일하게 접근해왔던 자를 죽여버린 나인데, 더 말할 게 뭐 있겠어. 게다가 그 방엔 무기조차도 없었으니 말이야. 엄마가 갑자기 내 쪽으로 몸을 숙이는 바람에 난 순간적으로 뒤로 물러났어. 마치 누가 내 얼굴을 때리려 들었다거나 단번에 날 삼켜버리려고 했던 것처럼. 엄마는 아주 빠르게 말했어. "내가 대령한테 얘기했다. 너는 내 하나밖에 없는 아들이고, 그렇기 때문에 독립운동에 참여할 수 없었다고 말이야." 엄마는 입을 다물고 있더니 덧붙였어. "무싸가 죽었다는 얘기도 그 사람들한테 했다." 엄마는 마치 그게 바로 어제 일인 듯이, 그 일이 언제 일어났느냐 하는 건 하나도 중요하지 않다는 듯이 말했어. 엄마는 또 대령에게 바닷가에서 살해된 아랍인에 관한 신문 기사 두 쪽도 보여주었다고 했어. 대령은 믿으려 들지 않더래. 이름도 없는 데다 엄마가 희생자의 엄마라는 걸 증명해줄 수 있는 게 아무것도 없지 않느냐는 거였지. 게다가 그 일이 일어난 게 1942년이니 지금 와서까지 꼭 희생자라고 볼 수가 있느냐 하는 것도 문제라고 했다는 거야. 내가 말했어. "그건 증명하기가 어려워요." 뚱뚱한 프랑스 여자가 멀리서 예사롭지 않은 집중력으로 우리 대화를 듣고 있었어. 모두가 듣고 있었을 거야. 뭐 달리 할 일도 없었을 테니까. 밖에선 새들의 울음소리, 자동차 엔진 소리, 그리고 바람에 나뭇가지 움직이는 소리까지 들려왔지만 그런 건 전혀 관심거리가 아니었어. 난 더는 무슨 말을 덧붙여야 할지 알 수가 없었어. "나는 다른 여자들처럼 울고불고 하지 않았어. 그 덕에 대령이 날 믿어주더구나." 엄마가 한숨을 쉬면서 비밀스럽게 속삭였어. 그러나 난 엄마가 진짜로 하고 싶은 얘기가 뭔지를 알아차렸어. 그렇게 대화는 끝났지.

거기 있는 사람들 모두가 그 방에서 품위 있게 나갈 수 있는 순간을 기다리는 것 같았어. 무슨 신호라든가, 하다못해 손가락 꺾는 소리라도 좋으니 어색하지 않게 면회를 끝낼 수 있는 구실이 필요했던 거지. 나도 어떻게 헤어져야 할지 엄청나

게 부담이 되더군. 죄수 아들과 엄마의 만남은 따뜻한 포옹
이나 눈물로 끝나야 했어. 둘 중 한 명은 무슨 말을 해야 했겠
지……. 그러나 아무 일도 일어나지 않았고 시간은 끝도 없
이 늘어지기만 했어. 그러다 바깥에서 타이어가 미끄러지는
소리가 들려온 순간 엄마는 급히 일어섰고, 복도에서는 입술
을 다문 노파가 한 걸음 발을 떼어놓았고, 군인들 중 한 명이
내게로 다가오더니 내 어깨 위에 손을 얹었고, 또 다른 군인
은 기침을 했어. 프랑스 여인 둘은 내 눈엔 보이지도 않는 복
도 끝을 바라보았어. 내겐 단지 바닥 위에 울리는 발걸음 소
리만 들려왔을 뿐이야. 발걸음 소리가 커지면서 나는 두 여
인이 공포에 질린 눈길을 서로 주고받으며 얼굴이 창백해지
고, 몸이 움츠러들고, 표정이 일그러지는 걸 보았어. "그 사람
이야. 프랑스어를 하잖아." 뚱뚱한 여자가 나를 가리키며 말
했어. 엄마가 내게 속삭였어. "대령은 내 말을 믿더라. 네가 나
오면 결혼을 시켜줄게." 나는 이 약속에 기대를 하지 않았어.
그러나 엄마가 무슨 말을 하고 싶은 건지는 알아들었지. 그리
고 나는 다시 내 방으로 돌아왔어. 나는 가만히 앉아 편백나무
만 바라보았어. 머릿속에선 갖가지 잡념들이 요동을 치고 있
었지만 나는 편안한 마음으로 이런저런 회상에 잠겼지. 바벨
웨드, 엄마와 내가 헤매고 다녔던 것, 이 빈민가로 살러 왔던
것, 빛, 하늘, 황새 둥지. 하주트에선 새를 사냥하는 법을 배웠

지만 세월이 흐르면서 점점 흥미를 잃었지. 나는 왜 무기를 들고 독립운동의 길을 걷지 않았을까? 그래, 그건 그 당시 젊은이라면 응당 해야 하는 일이었어. 해수욕이나 하러 다닌다는 건 말도 안 되는 짓이지. 나는 스물일곱 살이었고, 동네에선 내가 왜 '동지들'과 함께 독립운동에 참여하는 대신 주변에서 빈둥거리고만 있는지 아무도 이해하지 못했어. 하주트에 온 이래로 사람들은 원래부터 날 경멸했어. 내가 아프거나, 남자 구실도 못 하거나, 엄마라는 여자의 포로일 것이라 생각했지. 열다섯 살 때 정어리 통조림 뚜껑으로 칼날을 만들어 내 손으로 개 한 마리를 죽이고 나서야 내 또래 남자애들도 더는 나를 겁쟁이나 계집애 취급하며 놀리지 않게 됐다네. 어느 날 내가 길에서 다른 남자애들과 공놀이를 하며 놀고 있었는데, 지켜보던 어떤 남자가 이러더군. "너, 다리가 짝짝이구나!" 엄마의 강요로 학교에 간 나는 얼마 되지도 않아 엄마가 간직하고 있던 신문 조각에 적힌 내용을 읽어줄 수 있게 되었어. 거기엔 무싸를 어떻게 죽였는지가 설명되어 있었지만, 그의 이름이나 나이, 심지어 이니셜조차도 나와 있지 않았어. 엄마와 나는 어떤 면에서 다른 사람들보다 더 일찍 전쟁을 시작했다고 하는 게 맞을 거야. 내가 프랑스인을 죽인 건 분명히 1962년이었지만, 독립 전쟁의 지휘관들이 아직 당구나 치러 다니고, 바구니를 끼고 알제 시장으로 장보러 다녔을 시절에 이미 우리 집안에서는 죽음, 희생, 유배, 도주, 기아, 슬픔, 그리고 정의의 필요까지도 알고 있었거든.

따라서 스물일곱 살 때 나는 말하자면 별종이었어. 그 점에 관해선 언제든 한 번은 해명을 해야 하는 상황이었는데, 그걸 해방군 장교 앞에서 하게 됐던 거지. 창을 통해 보이는 하늘 위로 시간이 흘렀고, 바람에 속닥거리는 거무죽죽한 나무들 위로도 시간은 지나갔어. 간수가 먹을 걸 갖다 줘서 고맙다고 인사했지. 내게 아직도 잠잘 수 있는 즐거움은 남아 있구나, 싶더군. 엄마도 무싸도 없는 감방 안에서 나는 말할 수 없는 자유로움을 느꼈어. 간수가 날 혼자 놔두고 나가기 전에 물었어. "자네는 왜 동지들을 도와주지 않았나?" 이 물음에 악의는 없어 보였어. 오히려 부드럽기까지 했지. 그저 호기심에서 물은 거였어. 나는 식민자들에게 협력한 적은 없었고 그건 동네 사람들도 다 알고 있는 사실이었어. 그렇다고 또 무자히드도 아니었지. 그렇듯 양쪽 사이, 한가운데에 머물러 있는 내 태도가 사람들에겐 무척 불편하게 여겨졌을 거야. 바닷가 바위 아래에서 낮잠이나 자는 것처럼 보였겠지. 또 자기 엄마가 강간을 당하거나 도둑을 맞는 동안에도 젊고 아름다운 여인의 젖가슴에 입을 맞추고 있는 것처럼 보였을 수도 있고. "그 점에 관해 심문할 거야." 그가 나가면서 이 말을 내뱉더군. 누구 얘기를 하는 건지는 나도 알고 있었어. 한참 후에 잠이 들

때까지 나는 계속 바깥 소리에 귀를 기울였지. 그것 말고는 할 일이 없었거든. 나는 원래부터 담배를 안 피웠기 때문에 괴로울 게 없었던 데다 그들이 내 구두끈을 빼가고, 벨트를 벗겨가고, 내 주머니에 든 걸 모두 가져갔어도 아무렇지 않았어. 나는 시간을 죽이고 싶지 않았어. 난 이 표현 자체가 싫어. 나는 시간을 바라보고, 시간을 눈으로 좇고, 시간에서 내가 취할 수 있는 걸 얻고 싶다네. 난 모처럼 어깨 위에 시체가 얹혀 있지 않던 그 순간만이라도 내 한가함을 즐기겠다고 작정했지. 다음 날은 상황이 더 나빠질 거라고 생각했던 걸까? 어느 정도 그러긴 했지만, 그냥 그러려니 했어. 죽음, 난 그것에 대해서도 묘하게 익숙해져 있었거든. 단지 이름을 바꾸는 것만으로도 삶에서 임종으로, 그리고 저승에서 태양으로 옮겨갈 수 있었다고. 나 하룬, 무싸, 뫼르소 또는 조제프로 말이야. 거의 내 맘대로 할 수 있었지. 독립하고 얼마 안 돼서는 죽음이라는 게 햇빛이 쏟아지던 1942년의 해변에서와 마찬가지로 허망하고, 부조리하고, 예측할 수 없는 것이었어. 어떤 죄목으로도 체포될 수 있었고, 엉덩이에 발길질 몇 번 하고 풀어줄 수 있는 만큼이나 본보기로 총을 쏴 죽일 수도 있다는 걸 난 알고 있었지. 이윽고 한 줌 별들과 더불어 저녁이 찾아왔고, 내 감방 안으로 파고든 어둠이 벽의 윤곽을 흐릿하게 지우며 달콤한 풀냄새를 전해주었지. 아직까진 여름이었어. 깜깜한 하늘에서 조각달이 내 쪽으로 서서히 미끄러져 오고 있더군. 나는 다시 잠을 잤어. 아주 오래. 그러는 동안 내 눈에는 보이지 않는 나무들이 검은 둥치들을 해방시키려 굵은 가지들을 무겁게 흔들어대며 힘겹게 걸어갔지. 나는 나무들이 싸움을 벌이는 바닥에 귀를 갖다 댔어.

11

나는 여러 차례 심문을 받았어. 그러나 그건 신분을 확인하는 정도여서 그리 오래 걸린 적은 없었지.

헌병대에서는 아무도 내 사건에 관심을 갖는 것 같지 않았어. 그나마 해방군 장교 한 명이 나를 상대해준 게 다야. 그 작자는 호기심 어린 눈길로 나를 쳐다보면서 몇 가지 질문을 던지더군. 이름, 주소, 직업, 생일과 출생지. 나는 고분고분 대답했어. 장교는 한순간 말을 멈추고 공책에서 뭔가를 찾는 것 같더니 이번엔 굳은 표정으로 나를 다시 쳐다봤어. "라르케를 아나?" 나는 거짓말하고 싶지도 않았고, 또 그럴 필요도 없었지. 난 내가 거기 불려간 이유를 알고 있었거든. 그건 한마디로 요약하자면, 살인을 저질렀기 때문이 아니라 그 살인을 적절한 순간에 저지르지 않았다는 것 때문이었지. 무슨 말인지 알아듣겠지? 그런데도 난 그냥 거짓말을 했어. "아는 사람들도 있었겠지요." 그 장교는 나이는 젊었지만 전쟁을 치르느라 폭삭 늙어버렸더군—무게 잡느라 긴장한 얼굴에는 이곳저곳 주름이 져 있었지만, 셔츠 속에는 우람한 근육을 감춘 듯한 게 어딘지 불균형한 인상을 줬어. 참호나 산속 은신처에만 숨어 있어야 했던 탓인지 얼굴이 시커멨어. 그가 미소를 짓더군. 내가 빠져나가려 한다는 걸 눈치 챘던 거야. "자네한테 진실을 기대하진 않아. 여기선 진실 같은 건 필요 없거든. 자네가 죽였다는 게 확인되면 대가는 치러야겠지." 그러더니 난데없이 웃음을 터뜨렸어. 우레와 같이 요란한 웃음이었지. "내가 프랑스인을 죽인 알제리인을 심판하게 되리라고 누가 상상이나 했겠나!" 그의 말이 맞았어. 나도 잘 알고 있었지. 내가 거기 불려간 건 조제프 라르케를 죽였기 때문이 아니었어. 설사 조제프 라르케가 증인 두 명을 대동하고 몸에서 빼낸 총알 두 개를 손바닥에 쥐고 겨드랑이에다 피 묻은 셔츠를 말아 끼운 채로 직접 찾아와서 내 죄를 폭로한다 해도 말이야. 내가 거기에 가게 된 건 숭고한 대의를 위해서가 아니라 내 맘대로 그를 죽였기 때문인 거야. "무슨 말인지 알지?" 장교가 묻더군. 난 그렇다고 대답했어.

장교가 점심을 먹는 동안 난 감방으로 돌아왔어. 아무것도 하지 않고 기다렸지. 가만히 앉아만 있자니 별다른 생각이 들지도 않더군. 햇빛이 비치는 바닥에 한쪽 다리를 뻗었지. 하늘이라고 해야 천창에 담긴 게 전부였지만. 나뭇가지 흔들리는 소리, 멀리서 사람들이 얘기하는 소리도 들려오더군. 엄마는 어떡하고 있을지가 궁금해졌어. 보나마나 이미 저 세상으로 떠난 가족들과 차례로 대화를 나누며 마당을 쓸고 있을 게 뻔했지. 오후 2시가 되자 감방 문이 열렸고, 나는 다시 대령의 사무실로 불려갔어. 대령은 벽에 걸려 있는 커다란 알제리 국기 아래 차분히 앉아 나를 기다리고 있었어. 책상 한구석에는 권총도 한 정 놓여 있었지. 나는 의자에 앉혀진 채 꼼짝 않고 있었어. 장교는 입을 꾹 다문 채 무거운 침묵이 흐르도록 놔두더군. 내 신경을 교란시켜 불안감을 조성하려는 거였겠지. 나는 속으로 웃었어. 왜냐하면 그거야말로 엄마가 내게 벌을 주고 싶을 때마다 쓰던 술책이었거든. "스물일곱 살이라고." 그가 입을 열더니 내게로 몸을 숙이고는 눈에 불을 켠 채 집게손가락으로 힐난하듯 나를 가리키며 소리쳤어. "그런데 왜 자네는 조국을 해방시키기 위해 무기를 들지 않았나? 대답해봐! 어째서 그랬지?" 그의 표정은 은근히 우습기까지 했어. 그는 일어서더니 서랍을 사납게 열고 자그마한 알제리 국기 하나를 꺼내 내 코앞에서 흔들어댔지. 그러고는 콧소리로 위협하듯 물었어. "이게 뭔지 아는가?" 내가 대답했지. "그럼요. 당연히 알지요." 그러자 장교는 웅변하듯 애국심을 토로하기 시작했어.
독립된 조국과 희생된 150만 명의 순국자들에 대한 충정을
되풀이 강조하면서 말이야. "프랑스인을 죽일 거면 전쟁 중에
우리와 함께 죽였어야지, 이번 주가 아니라!" 나는 그런다고
뭐가 바뀌었겠느냐고 대꾸했어. 그는 당황했는지 잠시 입을
다물고 있더니 포효하듯 한마디 내뱉더군. "모든 게 바뀌지!"
그의 눈길도 험악해졌어. 나는 뭐가 바뀌느냐고 물었지. 그가
더듬거리며 대답했어. 살인을 하는 것과 전쟁을 하는 것 사이
에는 차이가 있다. 자기들은 살인자가 아니라 해방자이다. 아
무도 내게 그 프랑스인을 죽이라는 명령을 내린 적이 없다. 죽
이려면 이전에 죽였어야 한다. "이전이라니요?" 내가 물었어.
"7월 5일〔이날은 알제리 독립기념일이다. 알제리의 독립은 1962년 7월
3일 공식 선포되었지만, 프랑스 지배가 시작된 1830년 7월 5일을 기점으
로 132주년이 되는 날인 1962년 7월 5일을 독립기념일로 제정하였다〕 이
전 말이야! 그래, 그 후가 아니라 그 전이었어야 해, 젠장." 그
때 문을 다급하게 두드리는 소리가 나더니 사병이 들어와 책
상 위에 봉투를 하나 놓고 나갔어. 방해를 받은 대령은 짜증이
난 것 같았어. 사병은 나를 한 번 힐끗 보고는 물러갔지. "어떻
게 생각하나?" 장교가 물었어. 나는 이해하지 못하겠다고 대
답하고서 그에게 물었어. "제가 라르케 씨를 죽인 게 7월 5일
새벽 2시라면 그땐 아직 전쟁 중인 건가요, 아니면 이미 독립

이 된 건가요? 전인가요, 후인가요?" 장교는 상자에서 튀어
나오는 악마 인형처럼 몸을 벌떡 일으키더니 놀랍도록 긴 팔
을 휘둘러 내 뺨을 철썩 때렸어. 처음엔 뺨이 얼어붙는가 싶
더니 곧 불이 붙는 듯하면서 나도 모르게 눈물이 찔끔 나오기
까지 했지. 나는 다시 몸을 일으켰어. 그러고 나서는 아무 일
도 일어나지 않았어. 우리 둘은 서로를 마주 보았어. 대령의
팔이 서서히 가슴 쪽으로 제자리를 찾아가는 동안 내 혀는 입
안에서 뺨을 훑고 있었지. 복도에서 목소리가 들려오자 장교
는 그 틈을 타 침묵을 깨더군. "자네 형이 프랑스인한테 살해
됐다는 게 사실인가?" 나는 그렇다고, 하지만 그건 혁명이 발
발하기 이전의 일이라고 대답했지. 대령은 갑자기 매우 지친
기색을 보였어. "조금만 더 일찍 했더라면 아무 문제없는 건
데." 그가 생각에 잠긴 채 중얼거렸어. "지켜야 할 규칙이라는
게 있는 거야." 이 말도 덧붙이더군. 자기 추론의 근거에 대해
스스로에게 확신을 주려는 것 같았지. 그러고는 내 직업을 다
시 한 번 정확하게 말해보라고 하더군. "국유재산관리국 공무
원입니다." 내가 대답했지. "국가에 꼭 필요한 직업이로군." 그
가 혼잣말로 중얼거렸어. 그런 다음에는 무싸 얘기도 해달라
고 했지만, 속으로는 다른 생각을 하고 있는 것 같았지. 나는
내가 아는 바대로 얘기해줬어. 다시 말해 별 신통한 얘기는 못
해줬단 소리지. 내 말을 건성으로 듣고 있던 장교는 내 얘기가

좀 허술하고 신빙성도 없어 보인다고 결론지었어. "자네 형은 희생자가 맞아. 하지만 자네는, 나도 모르겠네⋯⋯." 그의 말이 특별히 의미심장하게 들리더군.

누가 그에게 커피를 가져다주자 그는 나를 돌려보냈어. "자네에 관해 모든 걸 알고 있네. 자네뿐 아니라 자네 주변 사람들에 관해서도 말이야. 그걸 명심하게." 내가 방을 나오기 전에 그가 말했어. 나는 뭐라고 대답해야 할지 몰라 잠자코 있었지. 감방으로 돌아오자 골치가 아파 오더군. 풀려날지도 모른다는 예감이 들면서 내 안에서 들끓고 있던 묘한 열정이 식어버린 거야. 감방이 더더욱 좁아 보였고 천창도 작아지는 듯했고, 내 감각도 극도로 예민해졌지. 곧 다가올 밤은 궂고, 음울하고, 갑갑할 것 같았어. 기분을 좋게 해줄 만한 게 뭐 없을까, 떠올려보려고 애를 썼지. 하다못해 황새 둥지 같은 것들이라도. 하지만 그것도 제대로 되질 않더군. 어쩌면 아무런 설명도 듣지 못한 채로 석방될지도 모른다는 예감이 들었어. 나는 벌을 받고 싶었는데. 내 삶을 암흑으로 변화시켰던 무거운 그늘에서 벗어나고 싶었는데 말이야. 내가 죄인인지, 살인자인지, 죽은 자인지, 희생자인지 아니면 단지 철없는 바보인지를 나에게 설명해주지도 않고 그렇게 풀어줘 버린다면 거기엔 뭔가 부당한 면이 있지 않나 하는 생각이 들었지. 난 내 죄를 가볍게 여기는 데 대해 모욕감마저 느꼈어. 나는 사람을 죽였다는 사실 때문에 머리가 어지러울 정도로 힘들었는데, 어느 누구도 그 일에 관해 얘기할 거리를 찾아내지 못한다는 게 말이 나 되냐고. 단지 범행 시간만이 막연하게 문제를 제기하는 듯했어. 얼마나 무성의한 건가. 얼마나 경솔한 건가! 그들은 그렇게 하는 게 내 행위의 가치를 부정하고 아무것도 아닌 일로 만들어버리는 짓이라는 걸 몰랐단 말인가! 무싸의 죽음을 허투루 여기는 것도 받아들일 수 없었는데, 내 복수마저 똑같이 무의미한 일로 치부하다니!

다음 날 새벽, 나는 설명 한마디 못 듣고 풀려났다네. 새벽은 군인들이 뭔가 결정을 내려야 할 때 주로 선택하는 시간이지. 내 등 뒤에서는 의심에 찬 주누드들이 계속 뭐라고 구시렁거리고 있더군. 그들은, 이미 조국이 자기들 품으로 돌아왔는데도 아직까지 자기들이 지하에 머물러 있다고 착각하는 듯했어. 산에서 내려온 젊은 농부들은 눈매가 매서웠지. 대령은 내가 나 자신의 비겁함에 대해 수치스러워하며 살아가야 한다고 나름대로 판단을 내렸던 것 같아. 내가 그 일로 괴로워할 거라 믿었던 거지. 물론 그건 그의 착각이었어. 하, 하! 난 지금까지도 그 일만 생각하면 웃음이 나와. 착각도 유분수지……

근데 말이야, 엄마가 왜 희생자로 조제프 라르케를 지목했는지 짐작이 가나? 어찌 보면 엄마가 그 작자를 희생자로 택

했다고도 볼 수 있기 때문에 하는 얘기야. 물론 그가 그날 밤 제 발로 우리 집에 찾아들긴 했지만 말이야. 아무리 생각해도 정말 희한한 일이긴 해. 그 일을 저지른 다음 날, 모든 걸 잊고 싶어서였는지 몰라도 내가 계속 잠을 자다 깨다 반복하며 몽롱한 상태에 있었을 때, 엄마가 문득 이런 얘기를 꺼내더라고. 그 프랑스 놈은 벌을 받은 게 틀림없다는 거야. 오후 2시에 해수욕하는 걸 좋아했기 때문이라는 거지! 그는 까맣게 그을린 채로 행복하고, 자유롭고, 태평한 모습으로 돌아오곤 했대. 그가 하주트에 돌아온 뒤로 라르케 씨 집에 들를 때마다 보여줬던 행복. 엄마는 집안일 하느라 정신없이 바쁜 중에도 그게 신경에 거슬렸었나 봐……. "난 무식해도 알 건 다 안다고. 난 알고 있었어!" 엄마는 이렇게 말했어. 난 알고 있었어. 정확히 뭘 알았다는 걸까? 그야 신만이 알겠지. 어쨌거나 그건 말도 안 되는 얘기지, 안 그래?! 엄마 말에 따르자면, 그가 죽은 이유는 그가 바다를 좋아했고, 매번 너무 기운이 넘치는 상태로 돌아왔기 때문이라는 거잖아. 정말 어처구니없는 얘기지! 이건 내가 술김에 지어낸 얘기가 아니야. 정말이야. 내가 죄를 저지른 뒤에 넋이 나간 상태로 보낸 긴 시간 동안 꿈을 꾼 게 아니라면 말이야. 아니 어쩌면 꿈을 꾼 건지도 모르긴 하지. 어쨌든 나는 엄마가 그 얘기를 다 지어냈다고는 믿을 수가 없어. 엄마는 그 남자에 관해 거의 모든 걸 알고 있었거든. 그의 나이, 여자들의 젖가슴을 밝히는 취향, 하주트에서 가진 직업, 그를 별로 인정해주지 않았던 라르케 집안과의 관계. "라르케 집안 사람들이 그러더라고. 그놈은 이기적이고 뿌리도 없고 남 생각이라곤 할 줄 모른다고. 하루는 그 집 자동차가 길에서 고장이 나 구조를 기다리던 중에 그와 마주쳤대. 그놈이 어떡했는지 아니? 그 사람들을 못 본 척하고 가던 길을 그냥 가더래. 신과 약속이라도 있는 것처럼. 그 집 안주인한테 들은 얘기야!" 엄마가 해준 얘기를 다 기억하진 못하지만, 확실한 건 엄마가 그 프랑스인에 관해 책을 한 권 쓸 수도 있었으리라는 거야. "나는 그 녀석한테는 뭐가 됐든 절대로 갖다 주지 않았어. 그 녀석도 날 싫어했지." 딱한 사내. 딱한 조제프는 그날 밤 우리 집에 발을 디딘 그 순간 우물 속에 빠진 거였어. 얼마나 기막힌 일인가. 얼마나 허망하게 죽어들 갔는가. 그런 일들을 겪고 나서 어떻게 목숨을 진지하게 여길 수 있겠나. 내 삶의 모든 일이 다 허망해 보이는군. 책을 둘러메고 여기까지 와서 수첩에다 메모를 해대는 자네도 그렇고.

*

그래, 알았어. 자네가 아주 안달이 났군. 유령한테 가보게. 우리랑 합석하자고 해. 나도 이젠 감출 것도 없으니까.

12

 사랑이라는 게 뭔지 난 도무지 모르겠어. 연인들을 보고 있
노라면 계속 놀라게 되지. 느릿느릿한 움직임 속에 상대를 끈
질기게 더듬고, 음식도 섞어 먹고, 손과 눈길로 동시에 서로를
붙들려 하잖아. 그뿐인가. 몸의 어느 끝부분이라도 써서 하나
가 되려 하지. 상대의 가슴에 파고들기 위해 구태여 손을 붙
들고 놓지 않으려 할 필요가 있는 건지 이해가 안 가. 사랑하
는 사람들은 어떻게 행동하는가? 그들은 서로를 어떻게 견디
는가? 인간은 홀로 태어나고 죽을 때도 혼자일 수밖에 없다
는 사실을 잊게 만드는 건 과연 무엇인가? 이런 의문을 풀기
위해 많은 책을 읽어봤지만 사랑은 타협이지 결코 미스터리
는 아닌 것 같아. 어떤 사람들은 사랑을 통해 느끼는 것을 나

는 오히려 죽음을 통해 느끼게 된다네. 어떤 삶이든 불확실성과 절대성을 함께 갖고 있다는 깨달음, 심장의 박동, 맹목적인 육신 앞에서 느끼게 되는 고뇌 같은 것들 말이야. 내게 있어서는 죽음만이—그걸 받아들였을 때건 그걸 주었을 때건—유일한 미스터리야. 나머지는 다 의례요, 습관이요, 의심스런 영합이지.

사실 사랑은 나를 겁나게 만드는 천상의 짐승 같은 거야. 사랑은 사람들을 둘씩 짝지어 삼켜버리고, 영원을 미끼로 현혹하고, 그들을 고치에 가두어 하늘로 빨아올리고 나서 육신은 껍데기처럼 땅에다 내동댕이쳐 버리지. 연인들이 헤어질 때 어떻게 하는지는 자네도 알지? 닫힌 문을 마구 긁어대지 않던가? 와인 한 잔 더 하겠나? 오랑! 여기는 포도의 고장이라네. 포도밭을 구경할 수 있는 마지막 지역이지. 다른 곳에선 어디나 할 것 없이 포도나무들을 다 뽑아버렸다고. 저 건장한 웨이터는 오랑 말을 잘 하진 못하지만 내게는 적응이 됐어. 서빙하면서 구시렁대는 걸로 만족하지. 내가 웨이터한테 신호를 보낼게.

미리엄. 그래. 미리엄이 있었어. 1963년 여름이었지. 물론 나는 그녀와 즐거운 시간을 보냈어. 내 우물 바닥에서 보이는 둥그런 하늘에 그녀의 얼굴이 떠오르는 걸 보며 즐겼지. 무싸가 날 죽이지만 않았더라면—사실상 무싸, 엄마, 그리고 뫼르소 셋이 합세해서 날 죽인 셈 아닌가—나는 내 모국어와 이 나라 어딘가의 작은 땅 한 덩이만 갖고서도 잘살 수 있었을 거야. 하지만 내 운명은 그걸 허락하지 않았어. 미리엄이 내 삶에 끼어들었을 때 내가 어떤 상황에 처해 있었는지 짐작할 수 있겠나? 난 미리엄의 손을 붙들고 있었고, 무싸는 내 다른 쪽 손을 붙들고 있었고, 엄마는 내 등에 업혀 있었지. 그리고 뵈르소는 우리가 결혼을 자축했을 수도 있었을 해안에서 이리저리 산책하고 있었고. 따지고 보면 우리 가족 전체가 이미 미리엄에게 들러붙어 있었던 셈이야.

세상에, 미리엄의 빛나는 미소와 짤막한 머리카락이 얼마나 아름다웠는지 아나! 난 그녀의 그림자일 뿐이지, 그녀의 모습을 비출 수는 없다는 게 정말 안타까웠네. 자네도 알겠지만 난 무싸가 죽은 뒤로는 살았으면서도 죽은 듯 살아오다 보니 소유 개념도 변질되고 말았지. 이방인은 아무것도 소유하지 않는 법인데, 내가 바로 그 이방인이었던 거야. 나는 그 무엇도 수중에 오래 지니고 있지 못했어. 소유라는 것에 대해 혐오감뿐 아니라 과도한 무게감까지 느꼈거든. 미리엄. 이름도 예쁘지? 그런데도 난 그녀를 지킬 줄 몰랐어.

이 도시를 좀 살펴보게. 허물어져가는 모습이 아무짝에도 쓸모없는 지옥같이 보이지 않나? 이 도시는 동심원 형태로 되어 있지. 중심에는 핵심적인 시설들이 있어. 에스파냐풍의 박

공지붕들, 오스만풍의 벽들, 식민자들이 세운 건물들, 독립하면서 지어진 행정기관들과 도로들. 그 바깥으로는 원유 채굴탑들과 아무렇게나 지어올린 거주단지가 있지. 맨 바깥쪽에는 빈민촌이 있어. 그 너머엔? 거기엔 연옥이 있을 것 같아. 수백만 명이나 되는 사람들이 이 나라에서, 이 나라를 위해, 이 나라 때문에, 이 나라에 저항하다가, 이 나라를 떠나려다가 또는 이 나라로 들어오려다가 죽었으니 말이야. 신경쇠약 환자가 보는 환영이라고 해도 좋아. 나도 그런 생각이 안 드는 건 아니니까……. 가끔씩 나는 갓 태어난 아기들이 어쩌면 예전에 죽은 사람들일지도 모른다는 생각을 한다네. 자기 몫을 받기 위해 돌아온 유령들 말이야.

*

저 친구가 대답을 안 한단 말이지? 그래? 그렇다면 좋은 방법을 생각해보게. 난 모르겠으니까. 철학자 같은 표정으로 계속 신문만 오리고 있다고 해서 주눅 들 건 없어. 다시 한 번 말을 걸어봐. 자넨 나한테도 허물없이 다가왔었잖아. 안 그래?

13

맞아. 연대순으로 얘기해줬더라면 더 좋았을 걸 그랬군. 자네가 쓸 미래의 책을 위해선 그 편이 나을 뻔했어. 아쉽지만 이제 어쩌겠나. 정리는 자네가 알아서 해야지.

나는 1950년대에 학교에 들어갔어. 그러니까 좀 늦은 셈이었지. 학교에 입학했을 때 나는 이미 다른 애들보다 머리 하나는 더 컸지. 어떤 사제가—라르케 씨도 그랬고—나를 하주트에 있는 학교에 보내야 한다고 엄마를 설득했던 거야. 처음으로 학교에 갔던 날은 결코 잊을 수 없을 거야. 무엇 때문인지 아나? 신발 때문이었지. 내겐 신발이라는 게 없었거든. 처음 며칠 동안 나는 터키식 모자를 쓰고 아랍식 바지를 입고 다녔어……. 거기다 맨발이었고. 아랍인은 두 명뿐이었는데 둘 다 맨발이었지. 그 생각을 하면 지금도 웃음이 나와. 선생님은—지금까지도 그 선생님이 고마워—못 본 척해줬어. 아이들의 손톱, 손, 공책, 옷 따위를 다 검사하면서도 우리 발에 대해서는 아무 말도 안 했지. 아이들은 내게 그 당시 영화에 나왔던 인디언 추장의 이름을 붙여줬어. '씨팅 불(Sitting Bull)'('앉아 있는 황소'라는 뜻. 미국 수(Sioux)족 인디언 추장의 이름)이라고. 나는 늘 앉아만 있었거든. 이 세상 어딘가에 두 손으로 걸어 다닐 수 있는 곳은 없을까, 이런 꿈을 꾸면서 말이야. 나는 머리가 좋았어. 그리고 프랑스어는 수수께끼처럼 내 마음을 사로잡았지. 그 언어 뒤에 내가 사는 세상의 불협화음을 해결해줄 비책이 숨어 있을 것만 같았거든. 프랑스어를 통해 내 세계를 엄마에게도 번역해주면서 세상의 부당함을 어느 정도나마 줄이고 싶었던 거지.

내가 프랑스어를 배운 건 다른 아이들처럼 말을 할 수 있게 되길 바라서가 아니라 살인자를 찾기 위해서였어. 처음엔 나 자신도 그걸 깨닫지 못했지만. 조금 배우고 나니 엄마가 가슴팍에 신주단지처럼 모시고 있던 쪽지들, 즉 '아랍인' 살인 사건을 다룬 신문 기사 두 개를 겨우 해독할 수 있는 정도는 되더군. 내 읽기 능력에 대한 자신감이 조금씩 커져가면서 나는 기사의 내용을 점차 변형시켜 무싸가 죽게 된 사연을 꾸며대는 버릇을 갖게 됐지. 엄마는 주기적으로 내게 쪽지를 꺼내 보여줬어. "다시 한 번 읽어볼래. 혹시 미처 못 봤던 게 있을지도 모르잖아." 이러기를 거의 10년 동안이나 계속했다네. 내가 지금까지도 두 기사를 달달 외는 것만 봐도 알 만하지 않나. 그 기사에서는 무싸를 간단히 이니셜 두 글자로만 소개한 대신, 범인과 살인의 정황에 대해서는 몇 줄에 걸쳐 열심히 설명했더군. 단 두 문단의 글로, 사건의 무대와 문제의 해안을 모래알 하나하나까지 묘사하며 비극으로 승화시켰으니 얼마나 대단한 재능인가. 난 그 간결한 기사가 모욕적으로 느껴져서 줄곧 불쾌했어. 어떻게 죽은 사람을 아무것도 아닌 것처럼 소홀히 다룰 수가 있지? 더 말해 뭘 하겠나. 뫼르소는 감방에서 발견된 신문 쪽지를 얼마나 재미나게 읽었는지 모르겠지만, 나는 엄마의 그 병이 도질 때마다 그것들을 코 밑에 대고 들여다봐야 했다네.

나 참, 웃기는 얘기지! 이제 이해하겠나? 내가 뫼르소의 책을 처음으로 읽었을 때 왜 웃음을 터뜨렸는지 말이야. 그 책에서 형의 마지막 말, 마지막 숨결에 대한 묘사라든가, 살인자에게 건넨 대꾸, 그의 모양새, 그의 얼굴 표정까지도 발견하리라고 기대했던 내가 거기서 읽은 거라고는 기껏 아랍인에 대한 두 줄의 설명뿐이었지. '아랍인'이라는 단어는 스물다섯 번이나 나왔지만 이름은 단 한 번도 나오지 않았어. 학교에서 받은 새 공책에다 처음으로 알파벳 쓰는 연습을 하는 나를 보고 엄

마는 신문 기사 두 개를 내밀며 읽어보라고 닦달했어. 난 읽을
수가 없었어. 읽을 줄을 몰랐으니까. "네 형 일이잖아!" 엄마
는 나무랐지. 마치 내가 여러 시체들 사이에서 형의 시체를 알
아보지 못하기라도 한 것처럼 말이야. 난 입을 다물었어. 거기
다 대고 무슨 말을 하겠나. 그러다 퍼뜩 엄마가 내게 기대하는
게 뭔지를 알아챘지. 그건 한마디로 요약하자면, 이미 죽은 형
을 살려내라는 거였어. 그 두 기사에서 형의 몸뚱이를, 알리바
이를, 살인자에 대한 비난을 찾아내라는 거였어. 그건 엄마가
내 쌍둥이 주드를 찾기 위해 다시 조사를 시작하는 방편이었
던 거야. 그건 내게 괴상한 책 한 권을 쓰라는 것과 다름없었
어―내게도 푀르소 같은 재주가 있었다면 꼭 썼어야 했을 책
이지. 재수사. 나는 그 짤막한 신문 기사의 행간에다가 내 능
력이 닿는 한 온갖 것을 다 끼워 넣어 우주라도 만들 수 있을
만큼 부풀렸다네. 엄마에겐 가상으로 맘껏 범죄를 재구성할
권리가 있었지. 하늘의 색깔, 주변 정황, 피해자와 살인범 사
이의 대화, 법정의 분위기, 수사관들의 가설, 포주와 다른 증
인들의 거짓말, 변호사들의 변론……. 이제 와선 이렇게 얘기
하지만 그 당시로선 말로 표현할 수 없을 정도의 혼돈 그 자
체였다네. 거짓과 치욕의 '천일야화'랄까. 그런데도 죄책감을
느낀 건 어쩌다 한 번씩 뿐이었고 거의 대부분의 경우 자부심
을 느꼈지. 엄마가 공동묘지들이며 알제의 유럽인 구역들을

부질없이 헤매고 다니며 찾으려 애쓰던 것들을 내가 다 줄 수 있었으니까. 이 가상의 책에 담긴 줄거리는 말을 잃은 여인네에겐 약효가 꽤 오래갔지. 그 일은 주기적으로 반복되었다네. 엄마는 몇 달씩 그 문제에 관해 얘기하지 않다가도 한순간 갑자기 동요하며 중얼거렸고, 결국에는 꼬깃꼬깃해진 신문지 두 조각을 내 앞에서 흔들어대며 버티곤 했어. 가끔씩 나는 내가 엄마와 유령 책 사이의 우스꽝스런 중개자가 된 것 같다는 느낌을 받았어. 엄마가 책에다 질문을 던지면 나는 대답들을 통역해줘야 했던 거지.

내가 언어를 배운 과정은 그렇게 죽음과 연관되어 있었어. 물론 다른 책들도 읽었지. 역사책도 읽고 지리책도 읽고. 그러나 그 어떤 책도 우리 가족의 역사라든가 내 형에게 가해진 살인, 그리고 저주받은 해변과 연결되지 않은 적이 없었다네. 이 속이고 속는 게임은 독립 몇 달 전에 이르러서야 비로소 끝났어. 엄마가 조제프의 미친 발자국을 감지했던 때 말이야. 그는 그때까지도 살아서 샌들을 신고 자기 무덤 주변을 어슬렁거리고 다녔던 거지. 그 당시 나는 언어와 상상력의 자원이 모조리 고갈된 상태였어. 따라서 무슨 다른 일이 생겨나기를 기다리는 것 말고는 더는 아무런 방도가 없었다네. 말하자면 겁먹은 프랑스 남자 하나가 컴컴한 우리 집 마당으로 기어들어온 그 문제의 밤을 기다리는 수밖에 없었다는 거지. 그래, 나

는 조제프를 죽였어. 우리가 처해 있던 부조리한 상황에 대적
해야 했으니까. 신문 조각 두 개는 어떻게 되었을까? 전혀 모
르겠군. 수도 없이 접었다 펼치기를 되풀이한 탓에 삭아서 녹
아버렸거든. 엄마가 내버렸을지도 모르지. 그 당시에 내가 지
어냈던 온갖 얘기를 글로 썼어도 좋았겠지만 내겐 그럴 만한
수완이 없었다네. 게다가 난 범죄도 책이 될 수 있다는 걸 몰
랐어. 희생자를 단순히 반사된 섬광 정도로 취급할 수 있다는
것도 몰랐고. 그게 내 잘못이었을까?

그러니 어느 날, 갈색 머리카락을 아주 짧게 자른 한 젊은
여인이 아무도 건넨 적 없는 질문을 던지며 우리 집 문을 두
드렸을 때, 그 일이 우리에게 얼마나 엄청난 충격이었을지는
짐작이 갈 걸세. "혹시 무싸 울드 엘 아싸스 씨의 가족 아니신
가요?" 그때는 1963년 3월의 어느 월요일이었지. 온 나라가
환희에 들떠 있었지만, 막연한 두려움 같은 것도 떠돌았던 시
기였어. 7년 동안의 전쟁 덕에 배를 채운 야수가 더욱 탐욕스
러워져서 땅속으로 돌아가기를 거부했으니 그럴 만도 했지.
전쟁을 승리로 이끈 우두머리들 사이에선 암암리에 권력 투
쟁이 기승을 부렸지.

"혹시 무싸 울드 엘 아싸스 씨의 가족 아니신가요?"

미리엄

난 이따금씩 이 물음을 되풀이해 말해보곤 한다네. 미리엄의 그 경쾌한 어조를—아주 예의 바르고 상냥한 어조는 순수함의 빛나는 증거 같았지—다시 떠올려보고 싶어서야.

문을 열어준 건 엄마였지만—난 문에서 별로 멀지 않은 마당 한구석에 누워 빈둥대느라 미처 몸을 일으키지 못했지—나는 여인의 맑은 목소리를 듣고 깜짝 놀랐어. 우리 집에는 찾아오는 사람이 전혀 없었거든. 엄마와 나 둘 다 남들과 어울리는 걸 피했고, 사람들은 특히 나를 백안시했지. 독신인 데다 어둡고 말이 없는 나를 비겁한 사람으로 여겼어. 내가 독립전쟁에 참전하지 않았다는 사실을 끈질기게 기억하며 앙심을 품었던 거야. 아무튼 무싸의 이름을 엄마가 아닌 다른 사람의 목소리로 듣는다는 건 너무도 생소한 일이었어. 나도 형을 '그'라고 불렀었거든. 두 신문 기사에서도 형은 이니셜로만 언급되었고—아니, 이니셜조차도 없었던가. 이젠 기억이 가물가물하군. 엄마는 "누구세요?" 하고 되묻고는 그 뒤에 이어진 여자의 긴 설명을 듣고만 있었는데, 내 귀에는 무슨 얘기인지 잘 들리질 않았어. "우리 아들이랑 얘기하는 게 낫겠네요." 이러면서 엄마가 여자를 들어오게 했지. 나도 이젠 일어나서 그녀를 상대해야만 했어. 마침내 그녀를 봤어. 어두운 녹색 눈동자에 가냘픈 그 여인을. 티 없이 하얗게 빛나는 태양을. 그녀의 아름다움에 난 심장이 다 아플 지경이었어. 가슴에 구멍이 뚫리는 것 같았지. 나는 그때까지 단 한 번도 내 인생에 여인이 끼어들리라는 생각을 해본 적이 없었거든. 할 일이 너무 많아서 말이야. 엄마 배 속에서 나와야지, 죽은 자들을 묻어줘야지, 도망자들을 죽여야지. 자네도 짐작이 좀 갈 거야. 우리는 은둔하는 삶을 살아왔고 나도 거기에 익숙해져 있었던 거야. 그런데 갑작스레 젊은 여인이 등장했으니. 내 삶, 엄마와 나, 우리 둘의 세계, 이 모든 걸 휘어잡을 태세로 말이야. 난 쑥스럽기도 하고 겁도 났어. "저는 미리엄이라고 해요." 엄마의 권유로 걸상에 앉아 있던 그녀의 치마가 살짝 딸려 올라가는 바람에 나는 그녀의 다리에서 눈을 떼느라 애를 썼지. 미리엄이 프랑스어로 설명했어. 자기는 교사이고, 내 형의 사건을 다룬 책에 관해 연구하고 있다고. 그 책은 바로 살인자가 쓴 것이라고.

엄마와 나, 우리 둘은 마당 한가운데서 넋이 나간 채로, 지금 무슨 일이 일어나고 있는 건지 이해하려고 안간힘을 썼어. 무싸가 다시 살아나 자기 무덤을 헤치고 나와 자기로 말미암아 우리가 겪었어야 했던 엄중한 슬픔을 또 한 번 느끼게 한 것 아니겠나. 미리엄도 우리의 혼란을 눈치 챘는지 이번엔 천천히, 아주 찬찬히, 신중하게 다시 설명했어. 그녀는 엄마와 내게 차례로 말을 걸었는데, 마치 환자들에게 속삭이듯 했어. 우리는 아무 말도 못 하고 있었지. 그러다 마침내 내가 무기력 상태에서 벗어나 그녀에게 몇 가지 물어봤어. 물론 내 혼란을 제대로 감출 수는 없었지.

사실 그건 마치 여섯 번째 총알이 내 형의 살갗을 또 한 번 찢어놓은 것과도 같은 상황이었어. 그렇게 됨으로써 내 형 무싸는 세 번 연속해서 죽은 게 됐지. '해변의 날' 오후 2시에 처음으로. 텅 빈 무덤을 만들었을 때 두 번째로. 미리엄이 우리 삶에 들어왔을 때 세 번째로.

그때 장면이 어렴풋이 기억나는군. 엄마가 갑자기 경계 태세를 취한 거야. 눈에 불을 켜고 노려보며 차를 다시 끓인다, 설탕을 가지러 간다 하면서 왔다 갔다 했고, 그런 엄마 그림자가 벽에 어른거리면서 미리엄도 당황하지 않을 수 없었지. "내가 한 얘기와 질문들 때문에 돌아가신 형님 상처를 또다시 건드리게 됐구나, 하는 느낌을 받았어요." 나중에 우리가 자주 만나기 시작했을 때—물론 엄마 모르게—그녀가 털어놓더군. 미리엄은 우리 집을 떠나기 전, 우리 둘만 남았을 때 자기 가방에서 그 문제의 책을 꺼냈어. 지금도 자네 가방 속에 고이 모셔져 있을 바로 그 책 말일세. 그 스토리는 미리엄에게는 아주 단순한 것이었어. 어느 저명한 작가가 한 아랍인의 죽음을 이야기했고 그 책이 어마어마한 센세이션을 일으킨 거지. "상자 속에서 태양이 튀어나온 것처럼." 미리엄이 이 말을 했던 게 기억나는군. 아랍인의 정체가 궁금해진 그녀는 자기가 직접 조사해보기로 마음먹었고, 집요한 투지를 발휘해 비로소 우리의 흔적을 찾아냈던 거지. "몇 달 내내 집집마다 문을 두드렸고 별의별 사람들에게 다 물어봤어요. 오로지 당신들을 찾기 위해서요……." 그녀는 푸근한 미소를 지으며 말했어. 그리고 다음 날 기차역에서 다시 만나지 않겠느냐고 했지.

나는 미리엄을 처음 본 순간 사랑에 빠지고 말았지만 곧이어 증오하게도 됐어. 그녀가 그런 식으로 죽은 자의 흔적을 좇아서 내 세계로 들어온 것 때문에. 내 균형을 깨뜨린 것 때문에. 제기랄, 난 저주받았던 거야!

14

미리엄은 마치 최면을 걸듯 부드러운 어조로 느릿느릿 설명을 해줬어. 바벨웨드에서 시작해 우리의 흔적을 찾는 데 몇 달을 보내야만 했다고. 그곳에는 우리를 기억하는 사람이 거의 없더라고 했어. 미리엄도 자네와 마찬가지로, 뫼르소와 그의 책에 관한 논문을 준비하고 있었어. 그 괴상한 책에서 뫼르소는 마치 수학자가 낙엽을 들여다보듯 그렇게 살인 사건을 얘기하는 재주를 갖고 있더라는 거야. 그녀는 아랍인의 가족을 만나보고 싶었고 그래서 우리를 찾아왔다고 했어. 산 너머 저편, 살아 있는 자들의 나라에서 오랜 조사를 한 끝에 말이야.

그녀는 여기까지 설명하고는 잠자코 있더니, 엄마가 잠시 우리 둘만 놔두고 나간 틈을 타서 슬쩍 그 책을 보여주더군.
본능적인 감각이 있었던 거지. 그 책은 아주 작았어. 표지는
수채화로 되어 있었는데, 양복을 입은 한 남자가 주머니 속에
손을 집어넣은 채 바다 쪽으로 등을 반쯤 돌린 모습이 원경으
로 그려져 있었지. 흐릿한 파스텔 톤의 창백한 색조였어. 내가
기억하는 건 그 정도야. 제목은 '타인'이었지. 살인자의 이름
이 검고 굵은 글씨로 오른편 위쪽에 씌어 있더군. 뫼르소. 하
지만 나는 내 바로 곁에 미리엄이 앉아 있다는 사실만으로도
넋이 나간 채 어쩔 줄 몰랐어. 부엌에서 돌아온 엄마와 미리
엄이 의례적인 얘기를 나누는 동안 나는 감히 용기를 내어 그
녀의 머리카락, 그녀의 손, 그리고 그녀의 목까지 훔쳐보았다
네. 내가 여자의 뒷모습을 관찰하는 걸 좋아하게 된 건 그때부
터인 것 같아. 감춰진 얼굴과 내 눈길을 벗어나 있는 몸에 대
한 기대 때문이지. 게다가 향수에는 문외한인 내가 어느새 그
녀의 향수 이름이 뭘까 상상하고 있는 걸 깨닫고 놀라지 않을
수 없더군. 나는 곧 그녀에게서 사람의 마음을 파고드는 살아
있는 지성과 함께 어떤 순수함을 발견했어. 그녀는 알제리 동
부의 콩스탕틴에서 태어났다고 나중에 얘기해주더군. 그녀는
'자유로운 여성'의 지위를 주장했어. 이 말을 할 때 그녀의 눈
에선 도전정신이 엿보였고, 그것만으로도 그녀가 자기 가족
의 보수주의에 저항해온 과정을 충분히 짐작할 만했네.

아 참, 또 옆길로 샜군. 책에 관해 얘기해달라고 했었지. 그 책을 봤을 때의 내 반응을 알고 싶다는 거였나? 솔직히 말해 나는 이 얘기를 어디서부터 시작해야 할지 갈피를 잡을 수가 없군. 미리엄은 떠났고 그녀와 함께 그녀의 향기, 목덜미, 우아함, 미소도 함께 떠나버렸지. 나는 어느새 그다음 날을 기대하고 있었어. 엄마와 나 둘 다 황당해하기는 마찬가지였어. 난데없이 무싸의 마지막 흔적들을 발견하게 된 셈이었으니까. 전혀 모르고 있던 살인자의 이름과 그의 특이한 운명까지도. "모든 게 씌어 있단 말이지!" 엄마가 소리쳤을 때, 나는 엄마가 별 뜻 없이 한 얘기의 정확성에 놀랐다네. 씌어 있다, 그래, 그거였어. 어떤 신의 말씀이 아니라 책의 형태로 씌어 있었던 거야. 우리의 어리석음에 수치심을 느꼈었던가? 존재조차 몰랐던 걸작 앞에서 두 바보가 미친 듯이 웃음이 터져 나오는 걸 참기가 어려웠던가? 온 세상이 살인자를 알고 있었던 거였어. 그의 얼굴, 그의 눈길, 그의 됨됨이, 그리고 그의 옷까지. 오로지…… 우리 둘만 빼고! 아랍인의 어머니와 국유재산관리국의 말단 공무원인 그녀의 아들만 빼고. 딱한 원주민 두 사람은 아무것도 읽어보지 못한 채로 그 모든 걸 견뎌냈던 거야. 당나귀들처럼. 엄마와 나는 서로의 시선을 피하며 밤을 꼬박 샜어. 자신이 멍청하다는 걸 깨닫는다는 게 얼마나 괴로운 일인지 아는가! 밤이 참 길기도 하더군. 엄마는 젊은 여인에게 한참 욕을 퍼붓다가 결국엔 입을 다물었어. 나는 그녀의 젖가슴과 그녀의 입술이 살아 있는 과일처럼 움직이는 영상을 떠올리고 있었지. 다음 날 아침, 엄마는 날 사납게 흔들어 깨우더니 내게 몸을 숙이고 늙은 마녀가 협박하듯 명령했어. "그 여자가 또 오면 문 열어주지 마라!" 나는 엄마가 그러리라는 걸 이미 예상했고, 또 왜 그러는지도 알았어. 나 역시도 거기에 어떻게 대응할지 대비책을 세워놓았었지.

자네도 짐작하겠지만, 다음 날 아침, 난 엄마 앞에선 시침을 뚝 떼고 있었다네. 평소처럼 커피를 마시지도 않고 일찌감치 집을 나섰지. 약속한 대로 하주트 역으로 가서 미리엄을 기다렸어. 그녀가 알제에서 오는 버스에 타고 있는 걸 보는 순간, 내 가슴에는 구멍이 뚫려버렸다네. 어느새 그녀의 존재도 내 안에 파인 구멍을 메워주는 데는 충분치 못할 정도였지. 우리는 마주 보고 섰어. 나는 어색하고 서툴렀지. 그녀가 날 보고 웃어주었어. 처음엔 눈으로, 다음엔 입을 환하게 벌리고. 나는 책에 관해 좀 더 알고 싶다고 더듬거렸고, 우리는 함께 걷기 시작했지.

그리고 그게 몇 주, 몇 달, 몇 세기 동안 지속된 거야.

이해가 가나? 난 엄마의 억압 때문에 줄곧 억누르고만 있었던 감정들을 비로소 경험해볼 수 있게 되었지. 흥분, 욕구, 몽상, 기대, 감각의 동요 같은 것들 말이야. 예전의 프랑스 책들에선 그걸 투르망(tourment)〔정신적·육체적인 고통, 고민, 고뇌를 뜻하는 프랑스어〕이라고 부르더군. 사랑이 피어오르는 동안 우리 몸을 사로잡는 그 힘을 어떻게 묘사할 수 있을지 모르겠어. 내게는 '투르망'이라는 단어가 뭔가 막연하고 부정확해 보인다네. 거대한 존재의 등 위를 기어가는 눈 먼 지네 같달까. 우리 만남의 구실은 분명히 책이었어. 그 책, 그리고 나중엔 다른 책들까지. 미리엄은 그 책을 다시 보여주며 차근차근 설명해주었어. 첫 만남 때뿐 아니라 둘이 만날 때마다 늘 그랬지. 작가가 책을 쓰게 된 맥락, 그의 성공, 그 책으로부터 영감을 받은 다른 책들, 그리고 각각의 대목에 대한 상세한 주석들까지. 머리가 핑핑 돌 지경이었어.

그러나 그날, 그 두 번째 날, 특별히 내 눈길을 끈 건 책 위에 놓인 그녀의 손가락이었네. 종이 위로 미끄러져가는 빨간 손톱들 말이야. 내가 그 손을 잡는다면 그녀가 뭐라고 할지 궁금했지만, 아예 꿈도 꾸지 말자고 다짐했지. 그러나 결국엔 손을 잡고 말았다네. 그러자 그녀가 웃더군. 그 순간엔 무싸도 그리 중요치 않았다는 걸 그녀도 눈치 챘을 거야. 정말로 그때만큼은 말이야. 정오가 좀 지났을 때쯤 우리는 헤어졌고, 그녀는 다시 오겠다고 약속했지. 그녀는 엄마와 내가 정말로 아랍인의 가족이라는 걸 자기 논문에서 어떻게 증명할 수 있을지를 내게 물었어. 그건 우리에게도 아주 오래된 문제라고, 우린

성조차 없다고 내가 대답했지……. 그러자 그녀가 또다시 웃음을 터뜨리는 바람에 난 상처를 좀 받았어. 그러고 나서 난 사무실로 향했지. 내가 자리를 비운 걸 동료들이 어떻게 생각할지에 관해선 아무런 걱정도 안 됐어! 상관을 안 했던 거지.

그리고 당연히 그날 저녁 당장, 나는 그 망할 놈의 책을 펴들었네. 천천히 읽어갔지만 어느새 나도 모르게 빨려 들어가게 되더군. 모욕당하는 느낌과 동시에 그 안에 내 모습이 드러나 있다는 느낌도 받았지. 난 신의 책을 읽듯 밤을 꼬박 새서 읽었네. 가슴이 뛰면서 숨이 막힐 듯했어. 그건 진정한 충격이었어. 거기엔 모든 게 다 있더라고, 핵심적인 것만 빼고. 무싸의 이름! 그건 어디에도 없었어. 나는 '아랍인'이라는 단어를 세고 또 세어봤어. 그 말은 스물다섯 번이나 나왔지만 이름은 찾아볼 수 없었어. 전혀 없었어. 소금, 눈부심, 거룩한 사명을 짊어진 인간의 조건에 대한 성찰만이 있었을 뿐이야. 뫼르소의 책은 무싸가 죽는 마지막 순간까지도 그에겐 이름이 없다는 사실 말고는 아무것도 말해주는 게 없었어. 반대로 살인자의 영혼에 대해선, 마치 내가 그의 천사이기라도 한 듯 상세하게 보여주더라고. 그 책에선 기억들이 괴상하게 왜곡돼 있었어. 해변에 대한 묘사에서부터, 살인이 일어난 순간에 예사롭지 않게 밝았던 햇빛, 다시는 볼 수 없었던 낡은 방갈로, 재판 날들과 감방에서 지낸 날들 따위까지도. 엄마와 내가 무싸의 시체를 찾아 알제의 길거리를 헤매고 다니는 동안 그는 그러고 있었다니. 그 작자, 자네가 우러르는 그 작가는 내게서 내 쌍둥이 주드, 내 초상, 그리고 내 삶의 세세한 단편들뿐 아니라 내가 받은 심문의 기억까지도 훔쳐간 것 같더군. 나는 밤을 거의 꼬박 새며 한 낱말, 한 낱말, 꼼꼼하게 읽어나갔지. 그건 완벽한 헛소리였어. 내가 그 책에서 찾으려 한 건 형의 흔적이었는데, 정작 발견한 건 내 반영이었지. 내가 살인자와 똑닮아 있다는 걸 알게 된 거야. 마침내 책의 마지막 문장에 이르렀어. "(……) 내 처형 날에는 구경꾼들이 많이 와서 증오의 함성으로 날 맞아주기를 바라는 일만 남았다." 맙소사, 이거야말로 내가 얼마나 바랐던 일이었는지 아나! 분명히 구경꾼은 많았었지만 그건 그의 죄 때문이었지 재판을 구경하려는 건 아니었어. 게다가 구경꾼들이란 게 어떤 자들이었나! 열성 팬들, 우상숭배자들! 그 숭배자들의 무리 속에선 증오의 함성 따위는 전혀 없었지. 이 마지막 문장은 나를 뒤흔들어놓았어. 걸작은 걸작이지. 내 영혼을 비추는 거울. 이 땅에서 살아가는 내가 알라(이슬람교의 유일신)와 권태 사이에서 어떻게 될 것인지를 거울을 들이대고 보여주는 것 같았어.

짐작이 가겠지만, 그날 밤 나는 잠을 이루지 못했다네. 레몬나무 옆에서 하늘만 올려다보고 있었지.

엄마한테는 그 책을 보여주지 않았어. 그랬다간 읽고 또 읽어달라고 끊임없이 보챘을 게 뻔했거든. 최후의 심판 날까지 계속 그랬을 게 틀림없어. 해가 뜨자마자 나는 책 표지를 찢어버리고 책을 헛간 구석에다 숨겼어. 시내에서 미리엄과 만나기로 했다는 얘기는 엄마에겐 당연히 안 했지만, 엄마는 내 피 속에 다른 여인의 존재가 들어 있다는 걸 나의 눈길에서 이미 눈치 채고 있었지. 미리엄은 다신 우리 집에 오지 않았어. 난 그 이후로도 주중에 정기적으로 그녀를 만났고. 그런 만남은 사실상 여름 내내 지속되었어. 나는 날마다 역에 나가 알제에서 오는 버스를 살펴보겠다고 약속했지. 그녀가 시간을 낼 수 있을 땐 둘이 몇 시간씩 함께 보냈어. 걷고 산책하고, 가끔씩은 나무 밑에 눕기도 했지만 오래 그러고 있진 못했지. 반대로 그녀가 오지 못한 날엔 발길을 돌려 일터로 향했어. 난 그 책에 관해 할 얘기가 계속 있었으면 좋겠다는, 그 책이 한없이 길었으면 좋겠다는 바람을 갖게 되었어. 그래야만 그녀가 요동치는 내 가슴 위에 자기 어깨를 계속 기대고 있을 테니까. 나는 미리엄에게 내 얘기를 거의 다 해줬던 것 같아. 어린 시절, 무싸가 죽던 날, 글씨도 못 읽는 두 멍청이가 벌였던 수사, 엘 케타르 묘지의 비어 있는 무덤, 그리고 우리 가족만의 엄격한 애도의 규칙들까지. 내가 미리엄에게 드러내기를 주저한 유일한 비밀은 조제프를 죽인 일이었지. 그녀는 내게 책 읽는 법을 가르쳐준다며 장난을 치기도 했어. 책을 옆으로 기울여 흔들어대면 잘 안 보이는 자세한 내용들까지도 떨어져 나온다는 거였지. 그녀는 내게 뫼르소가 쓴 또 다른 책들과 그와 관련된 다른 책들까지도 보여줬는데, 나는 그것들을 통해 점차 그가 세상을 어떻게 보고 있는지를 이해하게 되었다네. 미리엄은 작가의 신념과 그만의 독특한 고독의 이미지들을 차근차근 설명해주었어. 그는 고아와 같은 존재로 이 세상을 자신의 쌍둥이 형제로 인식함으로써 형제애라는 자질을 갖게 되었는데, 그건 다름 아닌 고독감 때문이라는 것이었지. 난 그녀의 얘기를 다 알아들을 순 없었어. 어떤 때는 다른 행성의 얘기를 하는 것처럼 보이기도 했지. 그렇지만 그녀의 목소리를 듣는 건 참 좋았어. 나는 그녀를 깊이 사랑했거든. 사랑, 얼마나 이상한 감정인가, 안 그래? 그건 술에 취한 상태와 비슷하지. 균형과 감각을 잃긴 하지만 동시에 묘하게 예민해진다는 점에서. 물론 그 정확함도 부질없는 것이긴 하지만.

난 처음부터 알고 있었어. 내 인생은 저주받았기 때문에 우리의 이야기도 끝나고 말 거라는 걸 말이야. 그녀가 내 삶 속에 머물러 있으리라는 희망은 도저히 가질 수가 없었어. 하지만 우선 당장 내가 바라는 건 한 가지밖에 없었다네. 그녀가 내 바로 옆에서 숨 쉬는 걸 듣는 것이었지. 미리엄도 내가 어떤 상태인지를 짐작했고, 그걸 즐기기도 했던 것 같아. 내 심연의 깊이가 어느 정도인지를 알아채기 전까지는. 그게 그녀에게 두려움을 줬던 걸까? 그런 것 같아. 아니면 그냥 지겨워졌던 건지도 모르지. 나는 그녀를 즐겁게 해주지 못했으니까. 내게서 발견한 새롭고 이국적인 길을 끝까지 가보고 나서부터는 내 '케이스'에서 더는 재미를 느끼지 못했던 것 같아. 마음이 쓰라리군. 내 잘못이야. 그녀가 날 거부한 건 아니었거든. 그건 확실해. 오히려 난 그녀가 내게 사랑의 감정 같은 걸 느꼈다고 믿고 있어. 하지만 따지고 보면 그녀는 내 슬픔을 사랑했던 거고, 내 고뇌를 마치 소중한 대상처럼 고귀하게 만들어주는 데 만족했던 것이었어. 그러고는 떠나버렸지. 내 안에선 하나의 왕국이 자리 잡아가기 시작했었는데. 그 이후로 나는 여자들을 체계적으로 배신하고, 헤어질 때도 나의 가장 좋은 점은 따로 제켜두지. 그게 바로 내 인생 원칙의 첫 항목이라네. 사랑에 대한 나의 정의를 알고 싶다고? 이건 나 혼자서 만든 건데, 좀 거창하긴 하지만 내 진심이기도 해. 사랑이란 누군가와 입을 맞추고, 그와 침을 나누고, 그가 태어나던 순간의 까마득한 기억으로까지 거슬러 올라가는 것이다. 결국 나는 독신의 삶을 택한 건데, 그게 경계심 없는 여자들의 애정을 불러일으키는 매력이 되기도 했지. 불행한 여인들, 그리고 날 이해하기엔 너무 젊은 여인들의 구애를 받곤 했어.

　미리엄이 떠나간 후에도 나는 그 책을 읽고 또 읽었다네. 수도 없이 여러 번. 거기서 그 여인의 흔적을, 그녀의 책 읽는 방식을, 그녀의 학구적인 말투를 찾아보고자 했지. 이상하지 않나? 죽음의 명징한 증거 속에서 삶을 찾겠다고 들다니! 아이쿠, 또다시 옆길로 샜군. 횡설수설에 자네도 짜증이 나겠어. 그렇지만 뭐 어쩌겠나…….

어느 날, 우리는 마을 외곽의 나무 그늘에서 다시 만났어. 엄마는 아무것도 모르는 척했지만, 형의 묘지를 들쑤시러 온 도시 아가씨와 내가 만나고 있다는 사실을 눈치 채고 있었지. 엄마와 나와의 관계는 이미 바뀌어 있었고, 나는 괴물 같은 엄마에게서 나 자신을 해방시키기 위해서라면 치명적인 폭력이라도 가하고 싶다는 음험한 유혹까지 느꼈다네. 나는 얼떨결에 미리엄의 가슴을 스쳤지. 찌는 듯이 무더운 나무 그늘 아래에서 난 몽롱한 상태였고, 미리엄은 내 장딴지 위에 머리를 올려놓았어. 그녀는 나를 쳐다보기 위해 약간 등을 구부렸지. 그러다 머리카락이 눈을 찌르는 바람에 웃음을 터뜨렸어. 그 웃음소리엔 또 다른 삶의 광채가 가득 담겨 있었어. 나는 그녀의 얼굴 위로 몸을 숙였어. 달콤한 기분에, 마치 장난하듯 미리엄의 입술 위에 키스했어. 방금 웃었던 탓에 입술이 살짝 벌어져 있던 순간이었지. 그녀는 아무 말도 하지 않았고, 나는 그렇게 몸을 숙인 채로 있었다네. 얼굴을 다시 들었을 때 내 눈엔 온통 하늘밖에 안 보이더군. 하늘은 새파라면서도 금빛으로 빛났어. 장딴지에 미리엄의 머리 무게가 느껴지더군. 우리는 마비된 듯 한참을 그렇게 있었어. 열기가 너무 강해지는 바람에 그녀는 몸을 일으켰고, 나도 몸을 일으켜 그녀를 따라갔어. 나는 그녀를 다시 붙들고 내 손으로 허리를 감쌌지. 우리는 그렇게 한 몸처럼 나란히 걸었어. 그녀는 계속 미소를 지으며 눈을 감은 채 걸었어. 우리는 그렇게 껴안은 채로 역까지 갔어. 그 당시엔 그런 것도 허용되었다네. 요즘 같진 않았어. 우리 둘 다 육체의 욕망에서 생겨난 새로운 호기심을 품고 서로를 바라보는 동안 그녀가 말했어. "내가 당신보다 더 검네요." 나는 언제 한 번 저녁 때 다시 와줄 수 있겠느냐고 물어봤어. 그녀는 또다시 소리 내어 웃고는 거절의 의미로 머리를 흔들었어. 난 다시 용기를 냈지. "나와 결혼해주지 않을래요?" 그녀는 놀라 딸꾹질까지 했어—그게 내 가슴을 비수로 찔렀지. 그녀는 예상하지 못하고 있었던 거야. 그녀는 우리 관계를 자연스럽게 즐기는 것 정도로만 생각했지, 더 진지한 약속을 향한 준비 단계로 여기고 싶어 하진 않았던 거야. 이번엔 그녀가 내게 자기를 사랑하느냐고 묻더군. 난 그런 말을 할 때 그게 무슨 뜻인지를 모르겠다고 대답했지. 오히려 말을 안 하고 있을 때는 머릿속에서 그 의미가 분명해지지만 말이야. 자네 웃는 건가? 음, 그럼 자네도 눈치 챘다는 소린데……. 그래, 이건 다 거짓말이야. 처음부터 끝까지. 장면이 너무 완벽하지 않나. 내가 다 지어낸 거거든. 물론 나는 미리엄에게 무슨 얘기건 할 용기를 가져본 적이 단 한 번도 없었어. 그녀의 넘치는 아름다움, 자연스러움, 그리고 그녀가 약속해줄 것 같은 더 나은 미래에 대한 기대가 늘 내 말문을 막았던 거지. 미리엄 같은 유형의 여자는 요즘 이 나라에선 아예 사라져버렸다고 봐야 할 거야. 자유롭고, 자신만만하고, 도전적이고, 몸을 죄나 수치가 아니라 재능으로 여기고 살아가는 여자. 그녀가 싸늘한 어둠으로 덮이는 걸 본 유일한 순간은 자기 아버지에 관해 얘기해줄 때였어. 여러 여자를 거느린 데다 독단적이었던 아버지의 음탕한 눈길이 의심과 공포를 일으켰다고 했지. 책들이야말로 그녀를 가족에게서 해방시켰고, 콩스탕틴에서도 멀리 떨어질 수 있는 구실을 준 거지. 그녀는 스스로의 힘으로 감당할 수 있겠다 싶어졌을 때 알제 대학에 입학했어.

미리엄이 떠나간 건 여름이 끝나갈 무렵이었지. 우리의 연애는 몇 주밖에 지속되지 못했던 거야. 그녀가 영영 떠나갔다는 걸 깨닫게 된 날, 나는 엄마와 무싸와 이 세상의 모든 희생자에게 욕을 퍼부으며 집 안의 그릇이란 그릇은 다 깨버렸다네. 혼란스런 분노의 기억 속에 엄마의 모습이 떠오르는군. 엄마는 태연하게 앉아 감정을 비워내는 나를 바라보고만 있었지. 자신은 이 세상의 어떤 여자들과 대적해도 승리를 거둘 수 있다는 사실에 뿌듯해하고 있는 것 같았어. 그다음엔 기나긴 이별의 과정만이 남아 있었지. 미리엄이 보낸 편지들은 사무실에서 받아봤어. 나는 그녀에게 분노로 가득 찬 답장을 보냈고. 그녀는 편지에서 자기의 학업, 논문의 진전 상황, 여성운동가로서 겪어야 하는 좌절감 등에 관해 설명했고, 그 뒤로는 모든 게 슬그머니 시들해지기 시작했어. 편지는 점점 더 짧아졌고, 점점 더 뜸해졌지. 그러더니 언젠가부터 편지가 딱 끊겼어. 그런데도 나는 몇 달이 지나고 또 지나도록 계속해서 역에 나가 알제 버스를 기다렸다네. 그건 단지 나를 괴롭히기 위해서였던 것 같아.

*

가만, 오늘이 우리 둘이 만나는 마지막 날 아닌가. 저 양반을 우리 테이블로 좀 불러보게. 이번엔 오지 않을까……

안녕하세요, 선생님. 선생님은 라틴 혈통이 아니신지요. 하긴 놀랄 일도 아니지요. 이 도시는 까마득한 옛날부터 온 세상의 모든 선원에게 열려 있었으니까요. 교사이시지요? 아니라고요. 어이! 무싸, 한 병 더. 올리브도 좀 부탁해! 뭐라고? 이 양반은 듣지도 말하지도 못한다고? 우리 손님께서 아무 말씀도 못 하신단 얘기야?! 정말이야? 입술을 보고 이해하신다고……. 그래도 책은 읽으실 수 있겠지요! 이 친구가 책을 한 권 갖고 있는데, 그 책에선 누구도 남의 말을 안 듣는답니다. 읽어보시면 재미있을 거예요. 어쨌든 신문 스크랩하는 것보다는 더 재미있을 겁니다.

우리 얘기에다가 제목을 붙인다면 뭐가 좋을까? 어깨가 떡 벌어진 카빌리 출신의 웨이터와 아무리 봐도 결핵 환자일 것 같은 귀머거리 영감과 눈에 의심이 가득 찬 대학생, 그리고 아무런 증거도 없는 얘기를 늘어놓고 있는 늙은 술꾼이 한 테이블에 둘러앉아 하는 이 얘기 말일세.

15

이렇게 늙은이를 상대하게 해서 미안하군. 어쩌다 내가 이렇게까지 늙었는지는 내게도 미스터리라니까. 이렇게 오래 살 땐 뭔가 꼭 발견해야만 하는 게 있을 것 같기도 해. 밤하늘에 반짝이는 수많은 별을 보고 있자면 더더욱 그런 생각이 들지. 산다는 게 얼마나 힘겨운 일인가! 그러니 끝에 가선 반드시 어떤 본질적인 계시 같은 게 있어야 하지 않겠나. 내 존재의 미미함과 세상의 광대함 사이의 불균형이 정말 놀라워. 나의 범속함과 우주 사이, 그 한가운데엔 분명히 뭔가가 있어야 한다고 생각할 때가 많지!

그러다가도 또 이따금 허망하다 싶을 때면 권총을 쥐고, 처음으로 나와 닮은 아랍인을 만나는 순간 죽여버리겠다면서 해변을 배회하기 시작한다네. 내 얘기를 끝없이 재연해보는 것 말고 다른 뭘 해보겠나. 안 그런가? 엄마는 아직도 살아 있지만 말이 없어. 우리는 몇 년 전부터 얘기를 나누지도 않고, 난 그저 엄마의 커피를 마시는 걸로 만족한다네. 이 땅에서 나와 상관있는 건 레몬나무, 해변, 방갈로, 태양, 그리고 총성의 메아리밖에 없어. 나는 그렇게 긴 세월을 살아왔네. 내가 일했던 사무실과 이곳저곳 옮겨 다닌 거처 사이를 몽유병 환자처럼 왔다 갔다 하기만 했지. 여자를 사귀어볼까 생각한 적도 몇 번 있었지만 피곤하기만 했어. 그래, 미리엄이 떠난 후론 아무 일도 일어나지 않았어. 나는 내 나라에서 다른 사람들과 다를 바 없이 살아왔지만, 좀 더 조심스럽고 더 무관심했지. 독립의 열정이 소진되고 환상이 깨지는 걸 지켜보고 나니 이번엔 내가 늙기 시작하더군. 이젠 이렇게 바에 앉아 넋두리나 늘어놓고 있지 않나. 미리엄과 자네만 빼고는 아무도 들으려 하지 않았던 얘기지. 아 참, 귀머거리 손님도 증인 역할을 해주긴 했군.

나는 마치 유령이 수족관 속에 들어 있는 사람들의 움직임을 지켜보듯 그렇게 살아왔네. 치명적인 비밀을 간직한 자의 어지럼증이 어떤 건지도 겪어봤고, 머릿속에 끝도 없는 독백을 담은 채 그렇게 떠돌아다녔지. 세상에다 대고 내가 무싸의 동생이다, 엄마와 나 우리 두 사람이야말로 이 유명한 사건의

진짜 주인공이다, 라고 소리치고 싶은 간절한 욕망을 느낀 순
간들도 있었지. 하지만 그런다고 누가 우리의 말을 믿어주기
나 했겠어? 누가? 우리가 어떤 증거를 내놓을 수 있었겠냐고.
형의 이니셜 두 글자와 이름조차 나오지 않는 소설책을 내밀
어볼 걸 그랬나? 최악의 상황은 뫼르소가 나와 같은 국적을
갖고 있느냐, 아니면 그와 같은 건물에 사는 이웃들과 같은 국
적을 갖고 있느냐를 놓고 멍청이들이 떼 지어 싸우다가 분열
되었던 때였지. 기막힌 일 아닌가! 그 많은 사람 중에 무싸의
국적이 어딘지를 궁금해하는 사람은 단 한 명도 없었어. 아랍
인들 사이에서도 그를 아랍인이라고 지칭했지. '아랍'이라는
게 국적인가? 자네가 말 좀 해보게. 너 나 할 것 없이 자기들의
본질이고 중심이라 공언하지만 그 어디에도 존재하지 않는
나라, 그 나라는 도대체 어디에 있단 말인가?

알제에는 몇 번 가보았네. 거기선 형이건 엄마건 나건 우리
에 관해 말하는 사람이 아무도 없었네. 아무도! 배 속까지 다
드러내놓은 그로테스크한 수도(首都)야말로 내게는 벌받지 않
은 그 범행에 가해진 최악의 모욕으로 보였어. 수백만의 뫼르
소들이 더러운 해변과 산 사이에 갇힌 채 서로 포개져 있더군.
살인과 잠 때문에 얼이 빠진 채로 비좁은 공간 속에서 부딪치
며 살아가는 거야. 난 그 도시가 끔찍하게 싫어. 음식을 씹어
대는 흉악한 소음, 썩어가는 야채와 찌든 기름 냄새! 알제 만

(灣)은 도시의 턱인 셈이지. 그 도시가 내 형의 시체를 돌려줄 리 없어, 절대로! 그 도시의 뒷모습만 봐도 범행이 완벽했다는 걸 이해하기에 충분하다니까. 난 어디에서나 뫼르소들을 본다네. 여기 오랑의 내 아파트에서까지도. 우리 집 발코니의 맞은편, 이 도시의 경계를 이루는 빌딩 바로 뒤에는 미완성의 모스크가 위압적으로 버티고 서 있지. 이 나라에 수천 군데나 있는 모스크들 중 하나야. 창밖으로 그 건물을 바라볼 때마다 나는 진저리를 친다네. 하늘을 향해 치켜든 두꺼운 손가락, 아직도 갈라진 채로 있는 콘크리트. 또 자기가 왕국의 우두머리라도 되는 듯이 신자들을 내려다보는 이맘도 질색이야. 흉물스런 미나레트는 내 안에 신성모독의 욕구를 맹렬히 불러일으킨다네. 이를테면 이블리스〔이슬람교에서는 악마. 기독교에서는 사탄에 해당한다. 아담에게 몸을 굽혀 복종하라는 신의 명령을 이블리스는 단지 진흙에서 나온 인간보다 불에서 창조된 자기가 더 고귀한 존재라고 주장하며 신의 명령을 거부하여 하늘에서 추방된다. 그 뒤 이블리스는 인간들이 악에 빠지도록 유혹한다〕를 따라 "나는 너의 진흙 더미 아래 무릎 꿇진 않겠다"를 되풀이하고 싶어진다던가……. 나는 가끔씩 미나레트에 올라가 확성기가 달려 있는 곳으로 가서 몸을 이중으로 숨긴 채 내가 할 수 있는 모든 욕설과 신성모독적인 말들을 다 동원하여 큰 소리로 외치고 싶다는 유혹을 느끼곤 해. 내 불경한 행태들을 하나하나 차례로 열거하는 거

지. 나는 기도하지 않는다, 목욕하지 않는다, 굶지 않는다, 순례를 가지 않는다. 나는 술을 마실 것이다. 그리고 가능하다면 술을 더 맛있게 만들어주는 공기까지도. 또 나는 자유롭고, 신은 대답이 아니라 질문이며, 태어날 때나 죽을 때처럼 혼자서 신을 만나고 싶다고.

뫼르소는 사형 선고를 받고 난 뒤 감방에서 사제의 방문을 받지. 난 말이야, 내 경우엔 광신자들 한 패가 몰려온다네. 이 땅의 돌들은 고통 때문에만 땀을 흘리는 건 아니라고, 또 신이 지켜보고 있다고 날 설득하려 애를 쓰겠지. 그러면 난 소리 지를 거야. 난 몇 년 전부터 미완성의 벽들을 바라보고 있다고. 내가 그것보다 더 잘 알고 있는 건 이 세상에 아무도, 아무것도 없다고 말이야. 하긴 아주 오래전에 나도 뭔가 거룩함을 띠고 있는 걸 엿본 적이 있긴 하지. 그건 태양의 색깔과 욕망의 불꽃을 품은 얼굴이었어. 바로 미리엄의 얼굴이지. 난 그 얼굴을 다시 찾아다녔지만 헛수고더군. 이젠 다 끝났어. 자네, 이런 장면을 그려볼 수 있겠나? 나는 확성기에다 대고 고래고래 소리 지르고, 그자들은 내 입을 틀어막으려고 미나레트의 문을 부수려 하는 장면 말일세. 그들은 내가 이성을 되찾게 하려고 애를 쓰겠지. 죽음 뒤에는 또 다른 삶이 있다고 열변을 토할 거야. 그러면 난 이렇게 되물을 거야. "이 삶을 기억할 수 있을 그런 삶" 말이냐고. 그러고 나선 아마 그 자리에서 돌에 맞아 죽을지 몰라. 손에 확성기를 든 채로. 나, 하룬, 무싸의 동생, 사라진 아버지의 아들로. 아, 순교자의 아름다운 행동! 자기의 벌거벗은 진실을 외치는 거지. 자네는 다른 나라에 살고 있으니 이해할 수가 없을 거야. 신을 믿지 않고, 모스크에 가지도 않고, 천국을 기다리지도 않고, 아내도 아들도 없고, 자유를 도발처럼 즐기는 늙은이가 견뎌야 하는 게 어떤 건지 말일세.

하루는 이맘이 내게 와서 신에 관해 얘기를 좀 해보자고 하더군. 나 정도로 늙었으면 적어도 다른 사람들처럼 기도는 해야 하지 않느냐는 것이었어. 나는 이맘에게 다가가 설명을 해보려 했지. 내겐 남은 시간이 별로 없기 때문에 신 때문에 시간을 허비하고 싶진 않다고 말이야. 그는 얘기 주제를 바꾸어 내가 왜 자기를 '엘 셰이크'[지혜로운 어른이라는 뜻을 가진 아랍어로, 지도자를 일컫는 말]가 아니라 '무슈'[프랑스어로 성인 남성을 부를 때 쓰는 일반적인 존칭]라고 부르는지를 묻더군. 난 성가셔서 그는 내 인도자가 아닐뿐더러 내 편도 아니라고 대답했지. 그는 내 어깨에 손을 얹으며 말했어. "아니요, 형제. 난 당신 편이에요. 그런데 당신 가슴이 앞을 내다보지 못하기 때문에 그걸 알 수가 없는 거지요. 당신을 위해 기도하겠소." 그러자 왜 그랬는지 몰라도 내 안에서 무언가가 터지더군. 나는 목이 터져라 소리 지르기 시작했네. 그에게 욕을 퍼붓고, 나를 위해

기도하는 건 말도 안 되는 짓이라고 말했지. 나는 간두라(이슬람교 성직자의 제복)의 깃을 붙들었어. 그리고 내 가슴속 깊이 들어 있던 것을 그에게 모조리 쏟아 부었지. 기쁨과 분노가 뒤섞인 채로. 그는 자신에 대해 대단히 확신에 차 있나 보다. 하지만 그의 확신들 중 그 어느 것도 내가 사랑했던 여인의 머리카락 한 올만큼의 가치도 없다. 그는 죽은 자처럼 살고 있으니 살아 있다는 것조차도 확신할 수 없는 것이다. 나, 나는 두 손이 다 비어 있는 듯 보일지 몰라도 나에 대해, 모든 것에 대해 확신이 있다. 내 삶에 대해, 그리고 곧 닥쳐올 죽음에 대해서도 확신이 있다. 그래, 난 그것밖에 없다. 하지만 적어도 그 진실이 나를 받쳐주는 만큼 나도 그 진실을 받치고 있다. 나는 옳았고, 지금도 옳고, 영원히 옳을 것이다. 나는 이 순간을, 내 생각을 피력할 수 있는 이 새벽녘을 내내 기다려왔다. 중요한 건 아무것도, 정말 아무것도 없고, 왜 그런지를 나는 잘 알고 있다. 그도 알고 있다. 내가 이 불합리한 삶을 살아오는 동안 내내 미래의 저 깊은 곳에서 어두운 숨결이 나를 향해 올라왔다. 다른 사람들의 죽음, 엄마의 사랑이 나와 무슨 상관있나. 그의 신, 사람들이 택하는 삶들, 사람들이 선택한 운명들이 나와 무슨 상관있나. 어차피 단 하나의 운명이 나를 선택할 수밖에 없는데. 나뿐인가. 나와 더불어 내 형제들이라고 자처하는 수십억 명의 특혜받은 자들도 같은 운명의 선택을 받는 건데.

그러니 이해하겠는가? 이해하는가? 모든 사람은 특혜를 받았다. 특혜받은 자들밖에 없다. 다른 사람들도 역시 언젠가는 유죄 선고를 받을 것이다. 이맘, 그 역시, 세상이 살아 있는 한, 선고를 받을 것이다. 살인죄로 구속된 사람이 자기 어머니의 장례식에서 울지 않았다는 이유로 처형되든 말든 무슨 상관인가. 나 역시 하루 전날이 아니라 1962년 7월 5일에 살인을 저질렀다는 이유로 유죄 선고를 받든 말든 무슨 상관인가. 살라마노의 개는 그의 아내만큼 가치가 있다. 자동인형 같은 작은 여인도, 마쏭이 결혼했던 파리 여자나, 내가 결혼해주길 바랐던 마리만큼이나 죄가 있다.〔이텔릭체로 표기된 이 대목은《이방인》의 내용을 기반으로, 화자의 상황에 맞게 변형시킨 것이다. 그중 이 문장은《이방인》의 문장을 그대로 옮겨온 것으로, 이 작품의 줄거리와는 일치하지 않는다〕미리엄이 오늘 자기 입술을 나 아닌 다른 남자에게 내준다고 한들 무슨 상관인가. 그러니 이해하겠는가? 이 죄인이 내 미래의 저 깊은 곳에서…… 이 모든 얘기를 토해내다 보니 숨이 다 차오르더군. 어느새 사람들은 내 손아귀에서 이맘을 떼어내고 있었고, 수많은 손이 달려들어 내 말을 막기 위해 목을 조였어. 이맘은 그들을 진정시키고 잠시 조용히 나를 바라봤어. 그러고는 눈에 눈물이 그득한 채 돌아서서 나가버렸지.

나보고 신을 믿느냐고 묻는 건가? 나 참, 기가 막히는군!

우리가 같이 보낸 시간이 얼마인데……. 사람들은 왜 신의 존재에 관해 의문이 들 때마다 인간을 향해 돌아서서 대답을 기다리는지 모르겠어. 신에게 물어보면 되잖아, 직접! 종종 나는 내가 정말로 그 미나레트에 올라가 있는 것 같은 느낌을 받곤한다네. 사람들은 꼭꼭 잠가놓은 문을 부술 듯 두들기며 내가죽어야 한다고 외쳐대지. 그들은 문 바로 뒤에서 분노에 떨고있어. 그 문이 삐걱거리는 소리가 들리나? 말해봐, 들리느냐고. 난 들리는데. 곧 문이 열릴 거야. 그럼 나는? 그럼 난 뭐라고 부르짖지? 아무도 알아듣지 못할 이 한마디만 하겠지. "여기엔 아무도 없어! 원래부터 아무도 없었어! 모스크는 비어있어. 미나레트도 비어 있어. 여긴 빈 곳이야!" 분명해. 내가처형당하는 날엔 구경꾼들이 많을 테고, 그들은 증오의 함성으로 나를 맞아줄 거야. 뫼르소는 처음부터 옳았던 건지도 몰라. 정말로 이 얘기에는 살아남은 자가 아무도 없거든. 모두가단번에, 한 방에, 죽어버린 거지.

오늘, 엄마는 아직도 살아 있지만 그게 다 무슨 소용이겠나! 엄마는 거의 말을 하지도 않는데. 그리고 나는 또 말을 너무 많이 하는 것 같아. 이거야말로 살인을 저지르고도 아직까지 아무에게서도 벌을 받지 않은 자들의 중대한 문제점이지. 뫼르소도 그 점에 관해선 뭔가를 알고 있었어……. 아! 마지막으로, 내가 생각해낸 우스갯소리 하나 들려줄까. 아랍어로 뫼르소를 어떻게 발음하는지 아나? 모른다고? 엘 메르술. '사자(使者)' 또는 '전령(傳令)'이란 뜻이야. 그럴듯하지, 안 그래? 됐어. 됐어. 이번에야말로 정말 말을 그쳐야겠군. 바도 문 닫을 때가 됐고. 다들 우리가 잔 비우기만을 기다리고 있잖나. 우리 만남의 유일한 증인이 귀머거리에 벙어리라니 기가 막히는군. 난 선생인 줄 알았거든. 저 작자는 신문 오리고 담배 피우는 것 말고는 아무런 재미를 모르나 봐! 신이시여, 당신은 어찌 그리도 당신의 피조물들을 놀리려 드시나이까……

내 얘기가 마음에 드나? 이게 내가 들려줄 수 있는 전부라네. 바로 내 얘기지. 그다음은 자네가 알아서 해. 나는 무싸의 동생이지만 어쩌면 그 누구의 동생도 아닐 수 있어. 자네는 그저 허풍쟁이 한 명을 만나 열심히 수첩에 받아 적은 건지도 몰라……. 판단은 자네 몫이네. 이건 신의 일대기와도 비슷하지 않나. 하, 하! 아무도 신을 만난 적이 없거든. 무싸조차도. 그리고 신의 이야기가 진짜인지 아닌지도 아무도 모른다고. 아랍인은 그냥 아랍인이고, 신은 그냥 신이야. 성도 없고, 이니셜조차도 없어. 파란 작업복과 파란 하늘만 있을 뿐이지. 미지의 두 존재가 저마다 자기 얘기를 품은 채 끝이 안 보이는 바닷가에 있는 거야. 어느 쪽이 더 진실에 가까울까? 내밀한 질문이군. 자네가 결판을 내게. 엘 메르술! 하, 하.

나도 역시 구경꾼들이 많았으면 좋겠네. 또 그들의 증오가 맹렬했으면 좋겠고.

옮긴이의 글

지난 몇 달 동안 곁에 끼고 지냈던 이 자그마한 책을 이제는 품에서 떠나보내려 한다. 어디서 무엇을 하고 있어도 늘 머릿속 한구석을 차지한 채 답 모를 질문들을 던지며 닦달해온 이 까다로운 작품에 대해, 나는 이미 객관적인 시선은 가질 수가 없음을 고백한다. 이건 어떤 작품을 번역할 때나 똑같이 겪는 증상이다. 내게는 이 책이 무조건(!) 특별하다.

이 작품은 '뫼르소, 살인 사건'이라는 제목과 "오늘, 엄마는 아직 살아 있네"라는 첫 문장에서 짐작할 수 있듯이, 알베르 카뮈의 《이방인》을 토대로 하고 있다. 1942년에 출간된 이후 프랑스 문학사상 가장 많이 읽힌 책들 중 하나로 자리매김한 《이방인》에 대해 감히 문제제기를 했다는 것, 이것만으로도 독자의 호기심을 끌기에 충분하지 않을까. 그것도 카뮈와 뫼르소를 바꿔치기하는 기발한 왜곡을 통해서!

저자 카멜 다우드는 알제리의 저널리스트로, 프랑스어로 간행되는 일간지 〈코티디엥 도랑(Le Quotidien d'Oran)〉의 기자로 일하며, 〈르몽드〉 지를 비롯한 프랑스의 언론 매체들에도 칼럼을 기고하고 있다. 그는 이슬람 문화권에 대한 과격한 비판으로 처형하겠다는 위협까지 받았다.

이 작품은 그의 첫 장편소설로 2013년에 알제리에서, 2014년에는 프랑스에서 각각 출간되어 센세이션을 일으켰고, 다수의 문학상을 수상했다. 2014년에는 공쿠르상 최종심 후보에까지 올랐으며, 2015년에는 '공쿠르상 최우수 신인상'을 수상했다. 이미 수십 개국의 언어로 번역 출간된 이 작품은 2015년에는 연극으로 각색되어 아비뇽 축제에서 공연되기도 했다.

매일 저녁, 오랑의 한 바에서는 70대 후반의 한 늙은 남자가 술잔을 든 채 넋두리를 늘어놓는다. 그는 바로 뫼르소에게 살해당한 '아랍인'의 동생 하룬이다. 자신의 범죄를 글로 써 '타인'이라는 제목을 붙여 출간한 뫼르소에 대한 분노와 형에 대한 연민은 하룬을 평생토록 지배해온 상처이다.

하룬의 대화 상대는 그의 추임새를 통해서만 존재한다. 그는 짐작컨대, 《타인》에 관한 논문 준비를 하느라 자료 수집

차 멀리 프랑스에서 오랑까지 건너온 대학생이다. 자신의 얘기를 들어줄 상대를 늘 갈구해오던 노인은 그에게 다 털어놓음으로써 그 얘기에서 벗어나고 싶다는 절박함으로 말을 시작한다. 밤을 새도 모자랄 듯, 얘기는 끝이 없다. 목적은 단 한 가지, 권태와 눈부신 햇빛과 찝찔한 소금기 때문에 어처구니없이 살해된 형, 이름 한 번 불려보지 못하고 단지 '아랍인'으로만 남아 있는 형에게 제대로 된 이름을 붙여주는 것이다. 무싸, 무싸, 무싸……

와인 몇 잔에 이미 취기가 돈 노인이 두서없이 늘어놓는 사설 속에 식민 지배를 받던 알제리의 고뇌, 알제리 독립전쟁의 정황, 졸지에 형을 잃은 소년과 아들을 잃은 엄마의 처절한 투쟁과 허망한 좌절, 독립 이후의 알제리에 대한 치열한 비판, 종교에 대한 분노 등이 서술되고, 그런 가운데 간간이 바의 다른 술꾼들에 대한 관찰이 끼어들며 긴장을 늦추기도 한다.

이 작품은 어떤 면에서는 《이방인》의 속편이라고 할 수 있을지도 모른다. 뫼르소에 대한 증오에서 출발하여 그를 집요하게 분석하던 하룬은, 결국 자기가 뫼르소와 놀라울 정도로 닮아 있다는 것을 깨닫는다. 뫼르소가 자기 조국이 아닌 땅에서 고아처럼 떠도는 삶을 살았다면, 하룬은 죽은 형이 살아오기만을 바라는 엄마 곁에서 살았어도 죽은 듯 지내야만 했다.

뫼르소가 대낮에 햇빛 아래에서 저지른 짓을 하룬은 한밤중에 달빛 아래에서 똑같이 저지른다. 또 뫼르소가 살인 자체보다도 자기 어머니의 장례식에서 슬퍼하지 않았다는 점 때문에 죄인이 된 것과 마찬가지로, 하룬은 프랑스인을 죽였지만 죽인 시기가 알제리 독립 이전이 아니라 이후라는 점에서 비난받는다. 이 부조리한 상황 앞에서 두 사람은 똑같이 종교를 맹렬히 부정하며 자신의 존재를 전적으로 책임지겠다는 확고한 태도를 보인다.

아무런 원칙도 체계도 없이 자유롭게 털어놓은 고백 형식의 이 작품에서는 암시, 반복, 과장, 번복 등이 곳곳에서 발견된다. 또 수없이 많이 등장하는 은유와 상징적 표현들 중에는 그 의미를 분명하게 이해하기 힘든 것들도 있었다. 그런 경우, 번역자의 해석을 가미하기보다는 가능한 한 원문을 그대로 옮긴다는 원칙을 세웠다.

'ton'이라는 프랑스어의 2인칭 소유형용사를 어떻게 표현할 것인가도 고민스러웠다. 직역하자면 '자네의'가 되겠지만, 'ton héros, ton Cruesoe, ton Caïn', 이 세 표현 다 실제로는 뫼르소를 가리키는 말로, '뫼르소'라는 작가를 존경하여 논문까지 쓰려 하는 대학생에게 하룬이 냉소적으로 표현한 것이다. 그런 만큼 'ton'은 소유가 아니라 존중, 애착 등을 의미하는 것이어서 번역문에서는 직역을 하지 않았음을 밝힌다.

이 외에도 논리적으로 쉽게 이해되지 않을 것 같은 몇몇 대목은 옮긴이 주에서 내 의견을 밝혀놓았다.

이 책의 번역 의뢰를 받고 내가 가장 먼저 한 일은 서점에 가서 《이방인》을 한 권 사들고 온 것이다. 대학교 1학년 때 프랑스어 문법 공부를 위해 택한 작품이 《이방인》이었다. '복합 과거'라 불리는 시제를 학습하기에 《이방인》이 적합하다고 해서였다. 근 40년 만에 다시 읽어보니, 아! 하고 탄식이 나왔다. 스무 살 때 난 무엇을 느꼈던가…….

《뫼르소, 살인 사건》을 재미있게 읽으려면 먼저 오랜만에 《이방인》을 꺼내들고 다시 한 번 읽어볼 것을 권하고 싶다. 대화 형식 자체도 카뮈의 《전락》과 흡사하거니와, 하룬의 독백 곳곳에는 《이방인》의 구절들이 그대로, 또는 교묘하게 변형되어 끼워져 있을 뿐 아니라 카뮈의 다른 작품들도 슬그머니 암시되어 있기 때문이다. 저자는 《이방인》에서 인용한 문장은 이탤릭체로 표기했다고 일러두고 있지만, 실제로는 이탤릭체가 아닌 대목들에서도 《이방인》에서 따온 구절들을 어렵지 않게 발견할 수 있다. 하룬이 뫼르소에게 증오와 동지애를 동시에 품고 있듯, 카멜 다우드도 알베르 카뮈에 대해 야속함과 동시에 찬탄에 가까운 존경심을 품고 있음을 느낀다.

이제 이 책과 이별이다. 시원섭섭한 마음을 이 짧은 글로 달래며, 서점으로 나들이나 갈까 보다. 카뮈의 작품들을 한 권 한 권 차례로 읽어보고 싶어진다. 그리하여 내가 하룬의 독백에서 아직까지도 해독하지 못한 수수께끼들을 풀 실마리를 찾게 된다면, 구멍투성이인 번역자로서 부끄러움과 새로운 발견의 뿌듯함을 동시에 느낄 수 있으리라.

옮긴이 **조현실**

서울에서 태어났으며, 이화여자대학교 불어불문학과를 졸업했다. 서울대학교
에서 불문학 석사, 이화여자대학교에서 불문학 박사 학위를 받았다. 옮긴 책으
로는 《구름이 태어난 곳》, 《몸의 일기》, 《늑대가 된 아이》, 《진지하지 않은》, 《똥
보, 내 인생》, 《가족 이야기》, 《더 높이, 더 멀리》, 《어, 씨가 없어졌네요》, 《운하
의 소녀》, 《괜찮을 거야》 등이 있다.

뫼르소, 살인 사건

1판 1쇄 발행 2017년 1월 20일
1판 4쇄 발행 2023년 12월 1일

지은이 카멜 다우드 | **옮긴이** 조현실
펴낸곳 (주)문예출판사 | **펴낸이** 전준배
출판등록 2004. 02. 12. 제 2013-000360호 (1966. 12. 2. 제 1-134호)
주소 04001 서울시 마포구 월드컵북로 21
전화 393-5681 | **팩스** 393-5685
홈페이지 www.moonye.com | **블로그** blog.naver.com/imoonye
페이스북 www.facebook.com/moonyepublishing | **이메일** info@moonye.com

ISBN 978-89-310-1029-9 03860

• 잘못 만든 책은 구입하신 서점에서 바꿔드립니다.

문예출판사® 상표등록 제 40-0833187호, 제 41-0200044호